TRANZLATY

Sprache ist für alle da

El idioma es para todos

Die Verwandlung
La Transformación
(La Metamorfosis)

Franz Kafka

Deutsch
Español

ISBN: 978-1-83566-660-9

Die Verwandlung

Franz Kafka, 1915

www.tranzlaty.com

Teil Eins
Primera parte

Gregor Samsa erwachte eines Morgens aus unruhigen Träumen.

Gregorio Samsa se despertó una mañana de un sueño intranquilo.

Er befand sich in seinem Bett, konnte sich aber nicht bewegen.

Se encontró en su cama, pero incapaz de moverse.

Er war in ein monströses Ungeziefer verwandelt worden.

Se había transformado en una alimaña monstruosa.

Er lag auf dem Rücken, der sich hart wie eine Rüstung anfühlte.

Estaba acostado boca arriba, sobre su espalda, que estaba dura como una armadura.

Indem er den Kopf ein wenig hob, konnte er seinen Bauch sehen.

Levantando un poco la cabeza podía ver su barriga.

Sein Bauch aber war gewölbt und in Segmente unterteilt.

Pero su vientre estaba abovedado y dividido en segmentos.

Die Decke lag auf seinem runden Bauch.

La manta descansaba encima de su vientre redondeado.

Die Decke war jedoch kurz davor, ganz herunterzurutschen.

Pero la manta estaba a punto de caerse por completo.

Seine Beine wirkten im Vergleich zu ihrer üblichen Größe jämmerlich.

Sus piernas eran lamentables comparadas con su tamaño habitual.

Und seine vielen Beine flackerten hilflos vor seinen Augen.

Y sus muchas piernas se movían impotentes ante sus ojos.

„Was ist nur mit mir geschehen?", dachte er bei sich.

"¿Qué me ha pasado?" pensó para sí.

Aber es war kein Traum, aus dem er nicht erwachen konnte.

Pero no era un sueño del que no pudiera despertar.

Es war tatsächlich sein eigenes Zimmer, in dem er sich wiederfand.

En realidad era su propia habitación la que él se encontraba.
Ein richtiges Zimmer für Menschen, aber leider etwas zu klein.
Un auténtico espacio para humanos, aunque un poco pequeño.
Er lag still zwischen den vier bekannten Mauern.
Él yacía tranquilamente entre las cuatro paredes conocidas.
Auf dem Tisch befand sich eine Sammlung von Textilmustern.
Sobre la mesa había una colección de muestras textiles.
Samsa war Handelsreisender, daher die Muster.
Samsa era un vendedor ambulante, de ahí las muestras.
Über den auseinandergenommenen Textilproben hing ein Bild.
Encima de las muestras textiles desmontadas había una imagen.
Er hatte das Bild erst vor Kurzem aus einer Zeitschrift ausgeschnitten.
Recientemente había recortado la imagen de una revista.
Er hatte das Bild in einen hübschen, vergoldeten Rahmen gefasst.
Había colocado el cuadro en un bonito marco dorado.
Das gerahmte Bild zeigte eine aufrecht sitzende Dame.
El cuadro enmarcado mostraba a una dama sentada erguida.
Sie trug eine Pelzmütze und hatte einen Pelzmuff.
Llevaba un gorro de piel y tenía un manguito de piel.
Sie hob ihre Hand in Richtung des Betrachters des Bildes.
Ella estaba levantando su mano hacia el espectador de la imagen.
Ihr ganzer Unterarm verschwand in ihrem schweren Pelzmuff.
Todo su antebrazo desapareció dentro de su pesado manguito de piel.
Gregor blickte aus dem Fenster auf das trübe Wetter.
Gregor miró por la ventana el clima gris.
Man konnte hören, wie schwere Regentropfen gegen das Fenster prasselten.

Se podía oír fuertes gotas de lluvia golpeando la ventana.
Das graue Wetter stimmte ihn sehr melancholisch.
El clima gris lo hacía sentir muy melancólico.
**„Wie wäre es, wenn ich noch ein bisschen länger schlafe?",
dachte er.**
"¿Qué tal si duermo un poco más?" pensó.
**"Mehr Schlaf könnte mir helfen, diesen Unsinn zu
vergessen."**
"Dormir más podría ayudarme a olvidar estas tonterías".
Länger zu schlafen war jedoch völlig unmöglich.
Pero dormir más era completamente inviable.
Weil er es gewohnt war, auf seiner rechten Seite zu schlafen.
Porque estaba acostumbrado a dormir sobre su lado derecho.
**Sein aktueller Zustand schränkte jedoch seine üblichen
Bewegungsfreiheiten ein.**
Pero su estado actual le impedía realizar sus movimientos
habituales.
Er hatte keine Möglichkeit, in diese Lage zu gelangen.
No tenía forma de llegar a esa posición.
Er versuchte sein Bestes, sich auf die rechte Seite zu werfen.
Intentó con todas sus fuerzas lanzarse hacia su lado derecho.
Er hat diese Bewegung wahrscheinlich hundertmal versucht.
Probablemente intentó este movimiento cientos de veces.
Aber er kippte immer wieder in die Rückenlage zurück.
Pero él siempre volvía a la posición supina.
**Er schloss die Augen, um seine unruhigen Beine nicht sehen
zu müssen.**
Cerró los ojos para no ver sus piernas inquietas.
**Am Ende hinderten ihn seine Schmerzen daran, es noch
einmal zu versuchen.**
Al final el dolor le impidió intentarlo de nuevo.
**Ein dumpfer Schmerz in der Seite, den er noch nie zuvor
gespürt hatte.**
Un dolor sordo en el costado que nunca había sentido antes.
„Oh Gott", dachte Gregor Samsa verzweifelt bei sich.
«Oh Dios», pensó desesperado Gregorio Samsa.

"Was für einen anstrengenden Beruf ich mir da doch ausgesucht habe!"
¡Qué profesión tan agotadora he elegido para mí!
„Ich muss beruflich Tag für Tag reisen."
"Día tras día tengo que viajar por trabajo".
„Büroarbeit ist viel einfacher als die Arbeit unterwegs."
"El trabajo de oficina es mucho más fácil que trabajar fuera de casa".
„Und ich habe den Fluch, ständig reisen zu müssen."
"Y tengo la maldición de tener que viajar."
„Die ganze Sorge, die Züge nicht rechtzeitig zu verpassen."
"Todas las preocupaciones por llegar a tiempo a los trenes."
„Meine Mahlzeiten sind unregelmäßig und das Essen ist schlecht."
"Mis horarios de comida son irregulares y la comida es mala".
„Meine Freunde wechseln ständig, je nachdem, wo ich hinziehe."
"Mis amigos siempre están cambiando de ciudad en ciudad."
„Meine Interaktionen sind kühl und professionell."
"Las interacciones que tengo son frías y profesionales".
„Sollen sich doch die Teufel mit solchen Arbeiten vergnügen!"
"¡Dejad que el Diablo se divierta con este tipo de trabajos!"
Er verspürte ein leichtes Jucken im oberen Bereich seines Bauches.
Sintió un ligero picor en la parte superior del estómago.
Er stemmte sich mit dem Rücken gegen den Bettpfosten.
Se apoyó contra el poste de la cama, con la espalda.
Er wollte seinen Kopf besser heben können.
Quería poder levantar mejor la cabeza.
Er fand die juckende Stelle, die ihn plagte.
Encontró el punto que le picaba y le molestaba.
Sein Kopf schien mit kleinen weißen Punkten bedeckt zu sein.
Su cabeza parecía estar cubierta de pequeños puntos blancos.
Was diese kleinen weißen Punkte waren, konnte er nicht sagen.

No podía decir qué eran esos pequeños puntos blancos.
Er hatte geplant, die Stelle mit einem seiner Beine zu berühren.
Había planeado tocar el lugar con una de sus piernas.
Doch als er die Stelle berührte, verspürte er ein seltsames Frösteln.
Pero cuando tocó el lugar sintió un extraño escalofrío.
Daraufhin zog er sein Bein sofort von der Stelle weg.
Entonces inmediatamente retiró la pierna del lugar.
Ihm blieb nichts anderes übrig, als das Jucken zu ertragen.
No tuvo más remedio que aceptar la sensación de picazón.
Und er kehrte in seine vorherige Position im Bett zurück.
Y volvió a su posición anterior en la cama.
„Wer so früh aufwacht, wird echt ziemlich dumm."
"Despertarse tan temprano realmente te vuelve bastante estúpido".
„Ein Mann braucht genug Schlaf", dachte er sich.
"Un hombre debe dormir lo suficiente", pensó.
„Die anderen Handelsreisenden leben in Luxus."
"Los demás vendedores ambulantes viven una vida de lujo."
„Morgens übermittle ich die erhaltenen Bestellungen."
"Por la mañana transfiero los pedidos que he recibido."
„Währenddessen frühstücken die Herren noch."
"Mientras tanto esos señores todavía están desayunando."
„Stellen Sie sich nur vor, ich würde das bei meinem Chef versuchen."
"Imagínese si intentara hacer eso con mi jefe".
„Er würde mich feuern, bevor ich mit dem Frühstück fertig bin."
"Me despediría antes de terminar mi desayuno."
„Aber vielleicht wäre das auch nicht das Schlimmste."
"Pero quizá eso tampoco sería lo peor."
„Das Problem ist, dass meine Eltern mich zurückhalten."
"El problema es que mis padres me están frenando".
„Ohne sie hätte ich schon längst gekündigt."
"Si no fuera por ellos ya habría dimitido."

„Ich hätte mich dem Chef entgegengestellt und es ihm
gesagt."
"Me habría enfrentado al jefe y se lo habría dicho".
„Ich würde genau sagen, was ich von ihm und der Stelle
halte."
"Diría exactamente lo que pienso de él y del trabajo".
„Er würde vom Schreibtisch fallen, wenn ich ihm alles
erzählen würde!"
"¡Se caería del escritorio si le contara todo!"
„Es ist sehr seltsam, wie er an seinem Schreibtisch sitzt."
"Es muy extraña la forma en que se sienta en su escritorio".
„Seine Art, mit seinen Untergebenen zu sprechen, ist nicht
in Ordnung."
"La forma en que habla con sus subordinados no es correcta".
„Und das Schlimmste ist, dass sein Gehör so schlecht ist."
"Y lo peor es que su audición es muy pobre".
„Sie haben also keine andere Wahl, als ganz nah bei ihm zu
sitzen."
"Así que no te queda otra opción que sentarte muy cerca de
él."
„Aber trotz allem ist die Hoffnung noch nicht völlig
verloren."
Pero dicho todo esto, la esperanza no está completamente
perdida todavía.
„Ich werde das Geld sparen, um die Schulden meiner Eltern
zu begleichen."
"Ahorraré el dinero para pagar la deuda de mis padres".
„Ich kann nichts tun, solange sie ihm noch Geld schulden."
"No puedo hacer nada mientras todavía le deban dinero".
„Aber wenn die Schulden beglichen sind, werde ich es auf
jeden Fall tun."
"Pero cuando la deuda esté pagada definitivamente lo haré."
„Es wird wahrscheinlich noch fünf bis sechs Jahre dauern."
"Probablemente tomará otros cinco o seis años."
"Ja, dann wird die große Trennung definitiv erfolgen."
"Sí, entonces definitivamente se hará la gran separación".
„Fürs Erste muss ich jedoch aufstehen."

"Por el momento, sin embargo, debo levantarme de la cama."
„Weil mein Zug um fünf Uhr abfährt.“
"Porque mi tren sale a las cinco en punto."
Gregor blickte auf den tickenden Wecker auf dem Tisch.
Gregor miró el despertador que sonaba sobre la mesa.
"Himmlischer Vater!", dachte er, als er die Uhrzeit sah.
"¡Padre Celestial!" pensó al ver la hora.
Halb sieben war schon still und leise vergangen.
Las seis y media ya habían pasado silenciosamente.
Und die Zeiger der Uhr bewegten sich immer weiter vorwärts.
Y las manecillas del reloj seguían avanzando.
Es war nun fast Viertel vor sieben.
Y ahora se acercaba la cuarta hora menos cuarto.
"Vielleicht hat der Wecker nicht geklingelt, um mich zu wecken?", dachte er.
"¿Quizás la alarma no sonó para despertarme?", pensó.
Von seinem Bett aus inspizierte Gregor den Wecker.
Desde la cama Gregor inspeccionó el despertador.
Der Wecker war korrekt auf vier Uhr eingestellt.
El despertador estaba programado exactamente para las cuatro.
Er konnte es sich nicht erklären, aber der Alarm musste losgegangen sein.
No podía explicarlo, pero la alarma debió haber sonado.
"Wie konnte ich den Wecker verschlafen, ohne es zu merken?"
"¿Cómo pude dormirme a pesar de la alarma sin darme cuenta?"
Wenn der Alarm losgeht, wackeln sogar die Möbel.
Cuando suena la alarma incluso sacude los muebles.
Er wusste, dass sein Schlaf alles andere als ruhig gewesen war.
Sabía que su sueño no había sido para nada tranquilo.
Aber vielleicht war das der Grund, warum sein Schlaf so viel tiefer war.
Pero quizá por eso su sueño era mucho más profundo.

Er musste darüber nachdenken, was er nun tun sollte.
Tenía que pensar qué debía hacer ahora.
Der nächste Zug fuhr erst um sieben Uhr ab.
El siguiente tren no salía hasta las siete.
Diesen Zug zu erreichen, wäre nahezu unmöglich.
Coger ese tren sería casi imposible.
Und die benötigten Textilien hatte er noch nicht eingepackt.
Y aún no había empacado los textiles que necesitaba.
Er fühlte sich auch nicht besonders frisch und agil.
Tampoco se sentía especialmente fresco y ágil.
Vielleicht bestand die Möglichkeit, in den Zug einzusteigen.
Quizás había una posibilidad de subir al tren.
Doch ein Tadel vom Chef war so oder so unvermeidlich.
Pero de todas formas, un regaño por parte del jefe era
inevitable.
Der Angestellte wäre in den Fünf-Uhr-Zug eingestiegen.
El empleado habría subido al tren de las cinco.
**Der Büroangestellte war ein willensschwaches Werkzeug
des Chefs.**
El oficinista era una criatura sin carácter del jefe.
Gregors Abwesenheit wäre also bereits gemeldet worden.
Así que la ausencia de Gregor ya habría sido informada.
„Was wäre, wenn ich mich krankmelde?", überlegte Gregor.
"¿Qué pasa si llamo para avisar que estoy enfermo?" Gregor
estaba pensando.
Das wäre aber äußerst peinlich und verdächtig.
Pero eso sería extremadamente embarazoso y sospechoso.
**Gregor war in der gesamten Zeit, die er dort arbeitete, nie
krank gewesen.**
Gregor nunca había estado enfermo durante el tiempo que
trabajó allí.
Und er hatte ihnen bereits fünf Jahre Dienst geleistet.
Y ya les había dado cinco años de servicio.
**Die Chancen standen gut, dass der Chef vorbeikommen
würde, um nach ihm zu sehen.**
Lo más probable era que el jefe viniera a ver cómo estaba.

Er würde wahrscheinlich den Arzt der Krankenversicherung
mitbringen.

Probablemente traería al médico del seguro médico.

Und er würde die Eltern für ihren faulen Sohn
verantwortlich machen.

Y culparía a los padres por la pereza de su hijo.

Sie könnten gegen ihn keine Einwände erheben.

No podrían hacerle ninguna objeción.

Denn für ihn gab es nur zwei Arten von Arbeitern.

Porque para él sólo había dos clases de trabajadores.

Entweder waren die Arbeiter kerngesund oder arbeitsscheu.

O bien los trabajadores estaban completamente sanos o bien
eran reacios al trabajo.

Und läge er mit dieser grundlegenden Analyse überhaupt
falsch?

¿Y estaría equivocado en ese análisis básico?

In diesem Fall hatte er sicherlich ein starkes Argument.

Ciertamente, en este caso tenía un argumento sólido.

Trotz seines Aussehens fühlte sich Gregor tatsächlich recht
wohl.

A pesar de su apariencia, Gregor en realidad se sentía bastante
bien.

Der unnötig lange Schlaf hatte ihn etwas schläfrig gemacht.

El sueño innecesariamente largo lo dejó un poco somnoliento.

Abgesehen davon konnte er sich aber über keine Krankheit
beklagen.

Pero aparte de eso no podía quejarse de enfermedad.

Er verspürte sogar einen besonders starken und gesunden
Hunger.

Incluso sintió un hambre especialmente fuerte y saludable.

Während er diesen Gedanken nachging, schlug die Uhr
erneut.

Mientras pensaba estos pensamientos el reloj volvió a sonar.

Laut Alarm war es jetzt Viertel vor sieben.

Según la alarma eran ya las siete menos cuarto.

Und nun klopfte es auch leise an der Tür.

Y ahora también se oyó un suave golpe en la puerta.

„Gregor", rief ihm jemand zu – es war die Mutter.

—Gregor —lo llamó alguien. Era la madre.

„Es ist Viertel vor sieben", bestätigte sie den Alarm.

"Son las siete menos cuarto", confirmó la alarma.

"Wolltest du nicht gehen?", fragte die sanfte Stimme.

¿No querías irte?, preguntó la suave voz.

Gregor erschrak, als er seine eigene Stimme antworten hörte.

Gregor se asustó cuando oyó su voz respondiendo.

Es war immer noch dieselbe Stimme, die er schon immer hatte.

La voz seguía siendo la voz que siempre tuvo.

Doch nun mischte sich ein neuer Klang in seine Stimme.

Pero ahora había un nuevo sonido mezclado en su voz.

Tief aus seinem Inneren entfuhr ihm auch ein schmerzhafter Schrei.

Desde lo más profundo de él también salió un doloroso chillido.

Zunächst schien seine Stimme die Worte klar zu formen.

Al principio su voz parecía formar palabras con claridad.

Doch dann hörte Gregor das Echo seiner Stimme in seinem Kopf.

Pero entonces Gregor escuchó el eco mental de su voz.

Die Aufnahme seiner Stimme ist auf seltsame Weise zerbrochen.

La grabación de su voz se interrumpió de una manera extraña.

Und er war sich nicht sicher, ob er richtig gehört hatte.

Y no estaba seguro de si había escuchado las cosas correctamente.

Gregor verspürte den starken Wunsch, eine ausführliche Antwort zu geben.

Gregor sintió un profundo deseo de dar una respuesta detallada.

Er wollte seiner Mutter alles genau erklären.

Quería explicarle todo claramente a su madre.

Doch angesichts der Umstände musste er sich einschränken.

Pero, dadas las circunstancias, tuvo que limitarse.

Und er antwortete viel kürzer, als er es gern getan hätte.

Y respondió mucho más breve de lo que le hubiera gustado.

"Ja, Mutter, keine Sorge, danke, ich bin schon wach."

-Sí madre, no te preocupes, gracias, ya estoy levantado.

Die Holztür trug vermutlich dazu bei, seine Stimme zu dämpfen.

La puerta de madera probablemente ayudó a amortiguar su voz.

Draußen blieb die Veränderung in Gregors Stimme unbemerkt.

Desde fuera el cambio en la voz de Gregor pasó desapercibido.

Die Mutter schien mit seiner Erklärung zufrieden zu sein.

La madre pareció estar satisfecha con su explicación.

Und sie ging genauso leise wieder, wie sie gekommen war.

Y ella se fue de nuevo tan silenciosamente como había llegado.

Doch das kurze Gespräch hatte eine unerwünschte Folge.

Pero la pequeña conversación tuvo un efecto no deseado.

Er erregte die Aufmerksamkeit der anderen Familienmitglieder.

Llamó la atención de los demás miembros de la familia.

Gregor war noch zu Hause und nicht zur Arbeit gegangen.

Gregor todavía estaba en casa y no había ido a trabajar.

Und nun klopfte auch der Vater an die Seitentür.

Y ahora el padre también llamó a la puerta lateral.

Er klopfte schwach, aber entschlossen mit der Faust.

Golpeó débilmente, pero decidido, con el puño.

„Gregor, Gregor", rief er, „was ist das Problem?"

—Gregor, Gregor —gritó—, ¿cuál es el problema?

Nach einer Weile warnte er erneut, diesmal mit tieferer Stimme.

Al cabo de un rato volvió a advertir con voz más grave.

Doch nun klopfte die Schwester an die andere Tür.

Pero ahora la hermana llamó a la puerta del otro lado.

"Gregor? Geht es dir nicht gut?", fragte sie leise.

"¿Gregor? ¿No te encuentras bien?", preguntó en voz baja.

„Brauchen Sie irgendetwas?", fragte sie besorgt.

"¿Necesitas algo?" preguntó preocupada.

Gregor antwortete beiden Seiten: „Ich bin schon fertig."
Gregor respondió a ambas partes: "Ya he terminado".
Er hatte sich größte Mühe gegeben, alle Wörter sorgfältig auszusprechen.
Había hecho todo lo posible para pronunciar todas las palabras con cuidado.
Und er entfernte alles Auffällige aus seiner Stimme.
Y eliminó todo lo que era llamativo en su voz.
Auch der Vater schien mit der Antwort zufrieden zu sein.
El padre también parecía satisfecho con la respuesta.
Und er kehrte zu seinem unvollendeten Frühstück zurück.
Y regresó a su desayuno inacabado.
Doch die Schwester flüsterte: „Gregor, mach auf, ich flehe dich an."
Pero la hermana susurró: "Gregor, ábreme, te lo ruego".
Doch ihre Sorge um ihn konnte ihn in keiner Weise bewegen.
Pero su preocupación por él no podía conmoverlo de ninguna manera.
Gregor hatte nicht die Absicht, ihr die Tür zu öffnen.
Gregor no tenía intención de abrirle la puerta.
Durch seine Reisen hatte er sich einige vorsichtige Gewohnheiten angeeignet.
Había adquirido algunos hábitos de cautela al viajar.
Und er lobte sich selbst dafür, die Türen abgeschlossen zu haben.
Y se alababa a sí mismo por haber cerrado las puertas.
Zunächst wollte er in Ruhe und in seinem eigenen Tempo aufstehen.
Primero quiso levantarse tranquilamente y a su propio ritmo.
Und er wollte sich ungestört anziehen.
Y sin que nadie le molestara quiso vestirse.
Nachdem er das geschafft hatte, wollte er frühstücken.
Una vez logrado esto, quiso entonces desayunar.
Erst dann wollte er die Situation weiter überdenken.
Sólo entonces quiso reflexionar más sobre la situación.
Er wusste, dass es sinnlos war, im Bett Pläne zu schmieden.

Sabía que no tenía sentido hacer planes en la cama.

Zu einem vernünftigen Schluss zu gelangen, wäre unmöglich.

Sería imposible llegar a una conclusión sensata.

Es gab schon andere Male, da war er mit leichten Schmerzen aufgewacht.

Había habido otras ocasiones en las que se despertó con dolores leves.

Diese Schmerzen erwiesen sich stets als reine Einbildung.

Estos dolores siempre resultaban ser pura imaginación.

Beim Aufstehen verschwanden die Schmerzen ausnahmslos.

Al levantarme de la cama el dolor invariablemente desaparecía.

Er war neugierig, was mit diesen Ideen geschehen würde.

Tenía curiosidad por ver qué pasaría con esas ideas.

Die Veränderung seiner Stimme war wahrscheinlich nur auf eine Erkältung zurückzuführen.

El cambio en su voz probablemente se debió sólo a un resfriado.

Erkältungen sind für Reisende einfach ein Berufsrisiko.

Los resfriados son simplemente un riesgo laboral para los viajeros.

Er hatte keinen Zweifel daran, dass dies die logische Erklärung war.

No tenía ninguna duda de que ésa era la explicación lógica.

Es gelang ihm mühelos, die Decke von sich zu streifen.

Logró quitarse la manta de encima con facilidad.

Er musste nur einatmen und sich aufblasen.

Lo único que tenía que hacer era inhalar e inflarse.

Die Decke rutschte von seinem Körper und landete auf dem Boden.

La manta se deslizó de su cuerpo y cayó al suelo.

Sein unglaublich breiter Körperbau erschwerte auch andere Dinge.

Su cuerpo increíblemente ancho dificultaba otras cosas.

Er hätte Arme und Hände gebraucht, um aufzustehen.

Habría necesitado brazos y manos para ponerse de pie.

Aber er hatte nicht mehr die Gliedmaßen, die er früher gehabt hatte.

Pero ya no tenía las extremidades que solía tener.

Anstelle von Armen und Händen hatte er viele kleine Beine.

En lugar de brazos y manos tenía muchas piernas pequeñas.

Und seine Beine bewegten sich ständig, ohne dass er es kontrollieren konnte.

Y sus piernas se movían constantemente, sin su control.

Er versuchte, ein Bein zu beugen, aber stattdessen streckte es sich.

Intentó doblar una pierna, pero en lugar de eso se estiró.

Schließlich gelang es ihm, ein Bein unter seine Kontrolle zu bringen.

Finalmente logró controlar una pierna.

Doch dann wurde die Bewegung der anderen Beine freigegeben.

Pero luego se liberó el movimiento de las otras piernas.

Und seine Beine zuckten vor lauter Aufregung.

Y todas sus piernas se crisparon de extrema excitación.

Zuerst wollte er seinen Unterkörper aus dem Bett bekommen.

Primero quería sacar la parte inferior de su cuerpo de la cama.

Seinen Unterkörper hatte er aber noch nicht gesehen.

Pero en realidad aún no había visto la parte inferior de su cuerpo.

Und es erwies sich ohnehin als zu schwierig, diesen Teil zu versetzen.

Y, de todas formas, resultó demasiado difícil mover esta pieza.

Schließlich wagte er mit all seiner Kraft einen waghalsigen Schritt.

Finalmente, con todas sus fuerzas, realizó un movimiento salvaje.

Ohne weiter zu zögern, trat er vorwärts.

Sin más vacilación, avanzó.

Doch er hatte die falsche Richtung eingeschlagen.

Pero había elegido la dirección equivocada.

Er schlug mit voller Wucht mit dem Körper gegen den unteren Bettpfosten.

Golpeó violentamente su cuerpo contra el poste inferior de la cama.

Der brennende Schmerz, den er empfand, lehrte ihn eine wertvolle Lektion.

El dolor ardiente que sintió le enseñó una valiosa lección.

Sein Unterkörper war vielleicht empfindlicher.

La parte inferior de su cuerpo era quizás más sensible.

Also versuchte er zuerst, seinen Oberkörper aus dem Bett zu bekommen.

Entonces intentó sacar primero la parte superior del cuerpo de la cama.

Er drehte seinen Kopf vorsichtig in die richtige Richtung.

Giró cuidadosamente la cabeza en la dirección correcta.

Und schon bald lag sein Kopf am Bettrand.

Y pronto su cabeza estaba mirando hacia el borde de la cama.

Diese vorsichtige Vorgehensweise fiel ihm tatsächlich leicht.

Este movimiento cauteloso en realidad fue fácil para él.

Und weder seine Breite noch sein Gewicht hinderten ihn an seinen Bewegungen.

Y su anchura y peso no detuvieron su movimiento.

Die Masse seines Körpers folgte langsam der Drehung des Kopfes.

La masa de su cuerpo siguió lentamente el giro de la cabeza.

Doch dann streckte er den Kopf über die Bettkante.

Pero luego sostuvo su cabeza sobre el borde de la cama.

Und er sah sich einer neuen Angst gegenüber, über die er noch nicht nachgedacht hatte.

Y se enfrentó a un nuevo miedo en el que aún no había pensado.

Ein weiteres Vorgehen in dieser Richtung könnte gefährlich sein.

Avanzar más por este camino podría ser peligroso.

Er hatte gedacht, er würde sich einfach fallen lassen.

Había pensado que simplemente se dejaría caer.

Es wäre aber ein Wunder, wenn er sich dabei nicht am Kopf
verletzen würde.

Pero sería un milagro si no se lesionara la cabeza.

Jetzt war nicht der richtige Zeitpunkt, um ein
Bewusstseinsverlustrisiko einzugehen.

Ahora no era el momento de arriesgarse a perder el
conocimiento.

Vielleicht wäre es doch besser, im Bett zu bleiben.

Quizás sería mejor quedarse en la cama después de todo.

Doch dann musste er denselben Aufwand betreiben, um
zurückzukehren.

Pero luego tuvo que hacer el mismo esfuerzo para regresar.

Nach all der Mühe lag er da, genau wie zuvor.

Después de todo ese esfuerzo él estaba tendido allí igual que
antes.

Und nun schienen seine Beine noch wütender zu sein als
zuvor.

Y ahora sus piernas parecían incluso más enojadas que antes.

Die Bewegungen seiner Beine waren noch
unkontrollierbarer geworden.

Los movimientos de sus piernas se habían vuelto aún más
incontrolables.

Er sah keinen Ausweg aus seiner Situation.

No veía manera de salir de la situación en la que se
encontraba.

Aus diesem Chaos konnte kein Frieden und keine Ordnung
hergestellt werden.

De este caos no fue posible sacar la paz ni el orden.

Aber er wusste, dass auch im Bett zu bleiben keine Option
war.

Pero sabía que quedarse en la cama tampoco era una opción.

Alles zu opfern war die vernünftigste Option.

Sacrificarlo todo era la opción más sensata.

Er klammerte sich an den kleinsten Hoffnungsschimmer,
jemals wieder aufstehen zu können.

Se aferró a la más mínima esperanza de levantarse de la cama.

Wenn ihm das gelingt, hat sich das ganze Risiko gelohnt.

Si lo hubiera conseguido, todo riesgo habría valido la pena.

Doch gleichzeitig erinnerte er sich auch an etwas anderes.

Pero al mismo tiempo también recordó algo más.

„Besser als verzweifelte Entscheidungen sind ruhige Überlegungen."

"Mejores que decisiones desesperadas son reflexiones tranquilas."

Mit aller Kraft konzentrierte er seinen Blick auf das Fenster.

Con todo su esfuerzo centró su mirada en la ventana.

Doch was er sah, stimmte ihn wenig zuversichtlich und erfreute ihn nicht.

Pero lo que vio le trajo poca confianza y alegría.

Der Morgennebel hüllte die gesamte enge Straße ein.

La niebla de la mañana cubría toda la estrecha calle.

Der Wecker klingelte erneut; es war nun sieben Uhr.

El despertador volvió a sonar; ahora eran las siete.

„Es ist bereits sieben Uhr und es ist immer noch so neblig."

"Ya son las siete y todavía hay mucha niebla."

Eine Zeitlang lag er still da und atmete nur schwach.

Durante un rato permaneció en silencio, respirando débilmente.

Vielleicht würde etwas Ruhe eine gewisse Normalität herbeiführen.

Quizás un poco de quietud traería algo de normalidad.

Völliges Schweigen könnte die wahren Zustände herbeiführen.

Un silencio absoluto podría provocar las condiciones reales.

Doch bevor die Uhr erneut schlug, durchbrach er das Schweigen.

Pero antes de que el reloj volviera a sonar, rompió el silencio.

Bevor die Uhr wieder schlägt, muss ich aus dem Bett sein.

"Antes de que el reloj vuelva a sonar, debo levantarme de la cama."

„Ich muss bis dahin unbedingt komplett aus dem Bett sein."

"Para entonces tengo que estar totalmente fuera de la cama."

„Nach Viertel nach sieben schickt das Büro jemanden."

"Después de las siete y cuarto la oficina enviará a alguien."

„Weil das Büro vor sieben Uhr öffnete."
"Porque la oficina abrió antes de las siete."
Und nun begann er, seinen Körper aus dem Bett zu schaukeln.
Y ahora empezó a balancear su cuerpo fuera de la cama.
Er hatte aufgehört, sich auf seinen Ober- oder Unterkörper zu konzentrieren.
Había abandonado el centrarse en la parte superior o inferior de su cuerpo.
Sein ganzer Körper musste aus dem Bett herausragen.
Todo el largo de su cuerpo tuvo que salir de la cama.
Bei einem Sturz in diese Richtung sollte sein Kopf geschützt sein, dachte er.
Caer de esa manera debería proteger su cabeza, pensó.
Er hatte geplant, den Kopf zu heben, sobald er auf dem Boden aufschlug.
Había planeado levantar la cabeza cuando cayera al suelo.
Sein Rücken schien hart genug für den Aufprall zu sein.
La parte posterior de su cuerpo parecía lo suficientemente dura para el impacto.
Und der Teppich diente dazu, die Landung abzufedern.
Y la alfombra estaba allí para suavizar el aterrizaje.
Seine größte Sorge galt jedoch dem Lärm.
Sin embargo, su mayor preocupación era el fuerte ruido.
Das krachende Geräusch würde alle im Haus erschrecken.
El ruido estrepitoso asustaría a todos en la casa.
Vielleicht hätten sie keine Angst vor dem lauten Lärm.
Quizás no les daría miedo el ruido fuerte.
Aber sie wären mit Sicherheit besorgt, wenn sie davon hörten.
Pero seguramente se preocuparían si oyeran eso.
Man musste aber das Risiko eingehen, Aufmerksamkeit zu erregen.
Pero había que correr el riesgo de llamar la atención.
Die neue Methode war eher ein Spiel als eine Anstrengung.
El nuevo método era más un juego que un esfuerzo.

Er musste seinen Körper in plötzlichen und ruckartigen
Bewegungen hin und her wiegen.
Tuvo que balancear su cuerpo con movimientos bruscos y
espasmódicos.
Gregor war schon halb aus dem Bett aufgestanden.
Gregor ya estaba medio levantado de la cama.
Nun kam ihm gerade ein neuer Gedanke.
Ahora se le ocurrió una idea nueva.
„Es wäre alles so einfach, wenn mir jemand zu Hilfe käme."
"Todo sería tan fácil si alguien viniera en mi ayuda."
„Zwei kräftige Personen würden völlig ausreichen."
"Dos personas fuertes serían suficientes."
Sein Vater und das Dienstmädchen wären stark genug.
Su padre y la criada serían lo suficientemente fuertes.
Sie müssten nur ihre Arme unter seinen Rücken schieben.
Sólo tendrían que deslizar los brazos bajo su espalda.
Und dann könnten sie ihn ganz leicht aus dem Bett ziehen.
Y luego pudieron sacarlo fácilmente de la cama.
Vielleicht hätten sie sein Gewicht langsam reduzieren
müssen.
Quizás habrían tenido que bajarle el peso poco a poco.
Hoffentlich hätten die Beine dann ihren Zweck gefunden.
Ojalá entonces las piernas hubieran encontrado su propósito.
Wäre es nicht letztendlich besser, um Hilfe zu rufen?
¿No sería mejor después de todo pedir ayuda?
Das Problem war natürlich, dass er die Türen abgeschlossen
hatte.
El problema, por supuesto, era que había cerrado las puertas.
Irgendwie hatte der Gedanke etwas, das ihn amüsierte.
Había algo en ese pensamiento que le hacía cosquillas.
Und trotz seiner Notlage konnte er sich ein Lächeln nicht
verkneifen.
Y a pesar de sus dificultades, no pudo evitar esbozar una
sonrisa.
Er war schon kurz davor, das Gleichgewicht zu verlieren.
Ya estaba cerca de perder el equilibrio.
Mit jedem Schwung kam er dem Umkippen vom Bett näher.

Cada movimiento lo acercaba más a caerse de la cama.

Bald musste er die endgültige Entscheidung treffen.

Pronto tendría que tomar la decisión final.

In fünf Minuten würde es Viertel nach sieben sein.

En cinco minutos serían las siete y cuarto.

Während er diesen Gedanken nachging, klingelte es an der Tür.

Mientras pensaba estos pensamientos, sonó el timbre.

„Das ist jemand aus dem Büro", sagte er zu sich selbst.

"Es alguien de la oficina", se dijo.

Und er erstarrte fast vor Angst angesichts des Besuchers.

Y casi se quedó paralizado de miedo ante la visita.

Seine Beine tanzten noch wilder als zuvor.

Sus piernas bailaron aún más salvajemente que antes.

Doch dann herrschte einen Moment lang Stille.

Pero luego, por un momento, todo quedó en silencio.

„Sie werden die Tür nicht öffnen", sagte Gregor zu sich selbst.

"No abrirán la puerta", se dijo Gregor.

Er war noch immer einer sinnlosen Hoffnung verfallen.

Todavía estaba atrapado en una esperanza sin sentido.

Doch dann ging das Dienstmädchen natürlich zur Tür.

Pero luego, por supuesto, la criada se dirigió a la puerta.

Und wie immer öffnete sie dem Besucher die Tür.

Y como siempre, le abrió la puerta al visitante.

Gregor brauchte nur die erste Begrüßung des Besuchers zu hören.

A Gregor le bastó con oír el primer saludo del visitante.

Er konnte sofort erkennen, wer ihn gesucht hatte.

Pudo saber inmediatamente quién había venido a buscarlo.

Der Hauptschreiber selbst war gekommen, um nach Samsa zu sehen.

El propio jefe de oficina había venido a ver cómo estaba Samsa.

Warum war Gregor der Einzige, der zu diesem Schicksal verurteilt wurde?

¿Por qué Gregor fue el único condenado a este destino?

Warum musste ausgerechnet er in einer solchen Organisation dienen?

¿Por qué sólo él tuvo que servir en tal organización?

Das geringste Versehen weckte sofort Misstrauen.

El más mínimo descuido despertaba inmediatamente sospechas.

Waren alle Angestellten, die dort arbeiteten, Schurken?

¿Todos los empleados que trabajaban allí eran unos sinvergüenzas?

Gab es denn keinen treuen und ergebenen Menschen unter ihnen?

¿No había entre ellos ninguna persona fiel y devota?

Hätten sie nicht einfach einen Lehrling schicken können?

¿No podrían haber enviado simplemente un aprendiz?

War diese ganze Infragestellung überhaupt notwendig?

¿Era realmente necesario todo este cuestionamiento?

Musste der Bevollmächtigte persönlich erscheinen?

¿El representante autorizado tenía que venir personalmente?

Musste wirklich die gesamte unschuldige Familie informiert werden?

¿Había que informar a toda la familia inocente?

All diese Überlegungen veranlassten Gregor zum Handeln.

Todas estas consideraciones impulsaron a Gregor a actuar.

Er schwang sich mit aller Kraft aus dem Bett.

Se levantó de la cama con todas sus fuerzas.

Es gab einen lauten Knall, aber es war eigentlich kein richtiges Geräusch.

Se escuchó un fuerte estallido, pero no era realmente un ruido.

Der Fall wurde durch den Teppich etwas abgemildert.

La caída había sido ligeramente suavizada por la alfombra.

Sein Rücken war elastischer, als Gregor angenommen hatte.

Su espalda era más elástica de lo que Gregor había pensado.

Der Klang war also dumpfer und nicht so auffällig.

Así que el sonido era más apagado y no tan perceptible.

Doch er hatte seinen Kopf während des Sturzes nicht geschützt.

Pero no había cuidado su cabeza durante la caída.

Und als er auf den Boden aufschlug, schlug er auch mit dem Kopf auf.

Y cuando golpeó el suelo también se golpeó la cabeza.

Er rieb sich vor Wut und Schmerz den Kopf am Teppich.

Se frotó la cabeza contra la alfombra con rabia y dolor.

Der Manager im Nachbarzimmer hörte jedoch den Lärm.

Pero el gerente de la habitación de al lado escuchó el ruido.

„Da ist etwas hineingefallen", stellte er richtig fest.

"Algo cayó allí", observó correctamente.

Gregor versuchte, sich den Manager in seine Lage zu versetzen.

Gregor intentó imaginarse al gerente en su situación.

„Könnte ihm dasselbe passieren?", fragte er sich.

"¿Podría pasarle lo mismo a él?" se preguntó.

Er akzeptierte, dass dieses seltsame Ereignis möglich sein könnte.

Aceptó que este extraño acontecimiento pudiera ser posible.

Und dann ging der Hauptsekretär ein paar Schritte in den Raum.

Y entonces el jefe de oficina dio unos pasos hacia la habitación.

Es war fast schon eine plumpe Antwort auf seine Frage.

Fue casi una respuesta burda a la pregunta que hizo.

Seine Lederstiefel knarrten, als er sich der Tür näherte.

Sus botas de cuero crujieron cuando se acercó a la puerta.

Aus dem Zimmer zu seiner Rechten flüsterte ihm seine Magd zu.

Desde la habitación de su derecha su criada le susurró:

„Gregor, der Bevollmächtigte, ist hier."

Gregor, el representante autorizado está aquí.

„Ich weiß", sagte Gregor, aber nur leise zu sich selbst.

—Lo sé —dijo Gregor, pero sólo en voz baja, para sí mismo.

Er wagte es nicht, seine Stimme lauter als ein Flüstern zu erheben.

No se atrevió a levantar la voz por encima de un susurro.

Weil Gregor nicht wollte, dass seine Schwester ihn hörte.

Porque Gregor no quería que su hermana lo oyera.

„Gregor", sagte der Vater aus dem Zimmer links.

—Gregor —dijo el padre desde la habitación de la izquierda.
Der Manager ist gekommen, um nach dem Rechten zu sehen.
"El gerente ha venido a comprobar cuál es el problema".
„Er fragte, warum du nicht den frühen Zug genommen hast."
"Él te preguntó por qué no saliste en el tren temprano."
„Wir wissen nicht, was wir ihm sagen sollen", sagte der Vater.
"No sabemos qué decirle", dijo el padre.
„Übrigens möchte er auch persönlich mit Ihnen sprechen."
"Por cierto, también quiere hablar contigo personalmente."
„Bitte öffnen Sie die Tür, damit er mit Ihnen sprechen kann."
"Por favor, abre la puerta para que pueda hablar contigo."
„Er wird so freundlich sein, das Chaos im Zimmer zu entschuldigen."
"Tendrá la amabilidad de disculpar el desorden en la habitación".
"Guten Morgen, Herr Samsa", rief ihm der Manager zu.
"Buenos días, señor Samsa", le saludó el gerente.
Und er sprach ganz gewiss in freundlicher Weise mit ihm.
Y ciertamente le habló de manera amistosa.
„Es geht ihm nicht gut", sagte die Mutter zum Manager.
"No está bien", le dijo la madre al gerente.
„Es geht ihm überhaupt nicht gut, glauben Sie mir, lieber Manager."
"No se encuentra bien en absoluto, créame, querido gerente."
"Warum sonst sollte Gregor den Morgenzug verpassen?"
¿Por qué si no, Gregor perdería el tren de la mañana?
„Der Junge hat nichts anderes im Kopf als das Geschäft."
"El chico no tiene nada en la cabeza excepto el negocio."
„Es ärgert mich fast, dass er nichts anderes tut."
"Casi me molesta que no haga nada más".
„Ich wünschte, er würde abends an die frische Luft gehen."
"Me gustaría que saliera por las noches a tomar aire fresco".
„Er war acht Tage geschäftlich in der Stadt."

"Estuvo en la ciudad ocho días por negocios."

„Aber er war ja jeden dieser Abende zu Hause.“

"Pero él estaba en casa todas esas noches"

„Er sitzt an unserem Tisch und liest die Zeitung.“

"Se sienta en nuestra mesa y lee el periódico".

„Manchmal studiert er auch die Fahrpläne der Züge.“

"En otras ocasiones, estudia los horarios de los trenes."

„Manchmal beschäftigt er sich mit Tischlerarbeiten.“

"A veces se mantiene ocupado con la carpintería".

„Zum Beispiel schnitzte er einen kleinen Bilderrahmen aus Holz.“

"Por ejemplo, talló un pequeño marco de madera para cuadros".

„An zwei oder drei Abenden war er mit der Säge beschäftigt.“

"Estuvo ocupado con la sierra durante dos o tres tardes".

„Sie werden staunen, wie hübsch der Bilderrahmen ist.“

"Te sorprenderá lo bonito que es el marco de fotos".

„Er hat den Bilderrahmen in seinem Zimmer aufgehängt.“

"Ha colgado el marco de fotos en su habitación."

„Wenn er die Tür öffnet, werden Sie seine Holzarbeiten sehen.“

"Cuando abra la puerta veréis su carpintería."

„Übrigens freut es mich, dass Sie hier sind, Herr Prokurist.“

"Por cierto, me alegro de que esté aquí, señor Prokurist".

„Wir allein hätten Gregor nicht dazu bringen können, die Tür zu öffnen.“

"Solos no habríamos podido lograr que Gregor abriera la puerta."

„Er ist so stur“, gestand seine Mutter dem Angestellten.

"Es muy terco", le confesó su madre al empleado.

„Er ist ganz sicher krank, obwohl er das vorher bestritten hat.“

"Ciertamente está enfermo, aunque antes lo negó".

„Ich komme gleich“, sagte Gregor langsam und bedächtig.

"Estaré allí enseguida", dijo Gregor lentamente y con cuidado.

Doch er machte keine Anstalten, sich der Tür des Zimmers zuzuwenden.

Pero no hizo ningún movimiento hacia la puerta de la habitación.

Er wollte kein Wort des Gesprächs verpassen.

No quería perderse ni una palabra de la conversación.

Der Hauptsekretär stimmte der Einschätzung der Mutter zu.

El secretario jefe estuvo de acuerdo con la evaluación de la madre.

"Ich kann es Ihnen auch nicht anders erklären, Madam."

-Tampoco puedo explicarlo de otra manera, señora.

„Hoffen wir alle, dass er keine schwere Krankheit hat", sagte er.

"Esperemos que no tenga ninguna enfermedad grave", dijo.

„Andererseits stellt es eine Gefahr in unserer Branche dar."

"Por otro lado, es un peligro en nuestra industria".

„Wir Geschäftsleute müssen oft Unannehmlichkeiten überwinden."

"Nosotros, los empresarios, a menudo tenemos que superar el malestar."

„Profis müssen leichte Schmerzen einfach aushalten."

"Los profesionales simplemente tienen que aguantar los dolores leves".

Währenddessen klopfte sein Vater erneut an die andere Tür.

Mientras tanto su padre volvió a llamar a la otra puerta.

„Kann der Hauptsekretär jetzt hereinkommen?", wollte er wissen.

"¿Puede entrar ahora el jefe de oficina?" quiso saber.

"Nein, das kann er nicht", antwortete Gregor auf die Frage seines Vaters.

"No, no puede", respondió Gregor a la pregunta de su padre.

Im Raum links von uns herrschte betretenes Schweigen.

Un silencio incómodo cayó en la habitación de la izquierda.

Im Zimmer rechts begann die Schwester zu schluchzen.

En la habitación de la derecha la hermana comenzó a sollozar.

Warum war die Schwester nicht zu den anderen gegangen?

¿Por qué la hermana no se había ido a estar con los demás?

Sie war wahrscheinlich gerade erst aufgestanden, dachte er.

Probablemente acababa de levantarse de la cama, pensó.

Vielleicht hatte sie noch gar nicht angefangen, sich anzuziehen.

Es posible que ni siquiera haya empezado a vestirse todavía.

Gregor aber verstand nicht, warum sie weinte.

Pero Gregor no podía entender por qué ella lloraba.

Lag es daran, dass er nicht aufgestanden war und den Manager hereingelassen hatte?

¿Fue porque no se levantó y dejó entrar al gerente?

Lag es daran, dass er Gefahr lief, seinen Job zu verlieren?

¿Fue porque estaba en peligro de perder su trabajo?

Könnte der Chef wie früher gegen die Eltern vorgehen?

¿Podría el jefe venir a buscar a los padres como antes?

Würde er seine alten Forderungen an sie wiederholen?

¿Iba a volver a hacerles las mismas exigencias de siempre?

Diese Dinge waren wahrscheinlich unnötig.

Estas cosas probablemente no hacían que hubiera que preocuparse.

Im Moment hatte sie keinen Grund zu weinen.

Por el momento no tenía motivos para llorar.

Gregor war noch da und sorgte für seine Familie.

Gregor todavía estaba allí, manteniendo a la familia.

Und er hatte nie die Absicht, die Familie zu verlassen.

Y nunca tuvo intención de abandonar a la familia.

Im Moment lag er einfach nur da auf dem Teppich.

Por el momento, simplemente permaneció tendido sobre la alfombra.

Die Familie wusste nichts von seinem Zustand.

La familia desconocía la condición en la que se encontraba.

Hätten sie das gewusst, hätten sie seinen Chef nicht ermutigt.

Si lo hubieran sabido no habrían animado a su jefe.

Sie hätten nicht einmal den Manager ins Haus gelassen.

Ni siquiera habrían dejado entrar al gerente a la casa.

Ihn abzuweisen wäre nicht besonders unhöflich gewesen.

No habría sido particularmente grosero rechazarlo.

Er hätte später problemlos eine passende Ausrede finden können.

Fácilmente podría haber encontrado una excusa adecuada más tarde.

Dafür hätte er nicht entlassen werden können.

No era algo por lo que lo hubieran podido despedir.

Gregor war der Ansicht, dass es jetzt vernünftiger wäre, allein gelassen zu werden.

Gregor pensó que ahora sería más sensato que lo dejaran solo.

Ihn durch Weinen und Reden zu stören, brachte wenig.

Molestarlo con llantos y conversaciones no sirvió de mucho.

Doch die anderen beunruhigte die Ungewissheit.

Pero fue la incertidumbre lo que molestó a los demás.

Und genau diese Unsicherheit entschuldigte ihr Verhalten.

Y fue esta incertidumbre la que justificó su comportamiento.

„Herr Samsa!", rief der Manager mit erhobener Stimme.

—¡Señor Samsa! —gritó el gerente en voz alta.

„Was ist los mit dir?", wollte er wissen.

"¿Qué te pasa?" quiso saber.

„Du hast dich in deinem Zimmer verbarrikadiert."

"Te has atrincherado en tu habitación."

„Sie antworten nur mit ‚Ja' oder ‚Nein'."

"Solo puedes responder con un 'sí' o un 'no'."

„Du bereitest deinen Eltern große Sorgen."

"Estás causando serias preocupaciones a tus padres."

„Ich sehe keinen guten Grund, warum Sie sie beunruhigen sollten."

"No veo ninguna buena razón para preocuparlos".

„Es gibt da noch eine Sache, die ich nebenbei erwähnen möchte."

"Hay otra cosa más que mencionaré de paso."

„Sie vernachlässigen auch Ihre geschäftlichen Pflichten uns gegenüber."

"También estás descuidando tus obligaciones comerciales hacia nosotros".

„Eine solche Verantwortungslosigkeit entspricht so gar nicht Ihrem Charakter."

"Esa irresponsabilidad está totalmente fuera de tu carácter".

„Ich spreche hier im Namen Ihrer Eltern und Ihres Chefs."

"Hablo aquí en nombre de tus padres y de tu jefe".

„Und ich bitte Sie um eine sofortige und klare Erklärung."

"Y os pido una explicación inmediata y clara."

„Das Ganze erstaunt mich wirklich, das muss ich sagen."

"Todo esto realmente me sorprende, debo decir".

„Ich dachte, ich kenne dich als ruhigen und vernünftigen Menschen."

"Pensé que te conocía como una persona tranquila y razonable."

„Aber jetzt zeigst du uns eine andere Seite von dir."

"Pero ahora nos estás mostrando un lado diferente de ti".

„Plötzlich zeigst du deine ganz eigenen Launen."

"De repente estás mostrando tus caprichos tan peculiares."

„Aber es könnte eine Erklärung für Ihr Scheitern geben."

"Pero podría haber una explicación para tu fracaso".

„Der Chef erwähnte eine Forderung, die Sie für uns eingetrieben hatten."

"El jefe mencionó una deuda que usted había cobrado para nosotros."

"Ich habe dem Chef in Ihrem Namen mein Ehrenwort gegeben."

"Le di al jefe mi palabra de honor en tu nombre".

„Aber jetzt sehe ich deine unverständliche Sturheit."

"Pero ahora veo tu incomprensible terquedad."

"Vielleicht verliere ich auch noch jegliche Lust, dir überhaupt zu helfen."

"Aún podría perder todo mi deseo de ayudarte."

„Ihre Arbeitsplatzsicherheit ist keineswegs völlig stabil."

"Su seguridad laboral no es en absoluto totalmente estable".

„Eigentlich wollte ich euch das alles unter vier Augen erzählen."

"Originalmente tenía la intención de contarte todo esto en privado".

„Aber jetzt sehe ich, dass Sie wollen, dass ich hier meine Zeit verschwende."

"Pero ahora veo que quieres que pierda mi tiempo aquí".
„Ich sehe also keinen Grund, warum deine Eltern das nicht wissen sollten."
"Así que no veo ninguna razón por la que tus padres no deberían saberlo."
„Ihre Leistungen in letzter Zeit waren nicht zufriedenstellend."
"Su desempeño reciente no ha sido satisfactorio."
„Ich räume ein, dass die Verkäufe zu dieser Jahreszeit langsamer laufen."
"Reconozco que las ventas son más lentas en esta época del año".
„Aber es gibt keine Jahreszeit, in der es keine Verkäufe gibt."
"Pero no hay época del año en que no haya ventas".
Für einen Moment vergaß Gregor alles um sich herum.
Por un momento Gregor olvidó todo lo que le rodeaba.
„Aber Herr Prokurist!", rief Gregor verzweifelt aus.
—¡Pero señor Prokurist! —gritó Gregor desesperado.
"Ich öffne die Tür sofort, jetzt gleich, keine Sorge."
"Abriré la puerta enseguida, ahora mismo, no te preocupes."
„Das Problem ist, dass ich mich ziemlich unwohl fühle."
"El problema es que me he estado sintiendo bastante mal."
„Mir war schwindelig, deshalb konnte ich die Tür nicht erreichen."
"Mi mareo me impidió llegar a la puerta."
„Ich liege zwar noch im Bett, aber es geht mir schon viel besser."
"Todavía estoy en cama, pero me siento mucho mejor."
"Einen Moment bitte, ich stehe gerade erst auf."
"Un momento por favor, me estoy levantando de la cama."
"Einen Moment Geduld, Herr Prokurist, ist alles, worum ich bitte."
"Un momento de paciencia es todo lo que pido, señor Prokurist."
„Es läuft nicht so gut, wie ich dachte, aber ich werde es schon schaffen."

"No va tan bien como pensaba, pero estaré bien".

"Wie kann so etwas einem Menschen so schnell passieren?"

"¿Cómo puede sucederle algo así a una persona tan rápidamente?"

„Mir ging es gestern Abend gut, das wissen meine Eltern."

"Me sentí bien anoche, mis padres lo saben."

„Aber vielleicht hatte ich damals schon eine kleine Vorahnung."

"Pero quizá ya tuve una pequeña premonición entonces."

„Man könnte sich fragen, warum ich es nicht im Büro gemeldet habe."

"Quizás te preguntes por qué no lo reporté en la oficina".

„Ich dachte, ich würde mich morgen früh wieder viel besser fühlen."

"Pensé que me sentiría mucho mejor por la mañana".

„Man denkt immer, dass sie die Krankheit bis dahin besiegt haben werden."

"Uno siempre piensa que para entonces ya habrá superado la enfermedad."

„Aber bitte! Verschonen Sie meine Eltern vor diesen Anschuldigungen!"

"¡Pero por favor! ¡Libera a mis padres de estas acusaciones!"

„Mir wurde kein Wort von dem erzählt, was Sie mir erzählt haben."

"No me han dicho ni una palabra de lo que me contaste."

„Sie haben möglicherweise die letzten von mir versandten Befehle nicht gelesen."

"Puede que no hayas leído las últimas órdenes que envié".

„Übrigens, du brauchst dir heute keine Sorgen um mich zu machen."

"Por cierto, no tienes que preocuparte por mí hoy."

„Ich werde trotzdem den Zug um acht Uhr nehmen."

"Aun así voy a tomar el tren de las ocho."

„Die wenigen Stunden Ruhe haben mich ausreichend gestärkt."

"Las pocas horas de descanso me han fortalecido bastante".

"Sie müssen wirklich nicht warten, Manager."

"Realmente no hay necesidad de esperar, gerente."
„Auch ich werde schon bald im Büro sein.“
"Yo también estaré en la oficina muy pronto."
"Und bitte seien Sie so freundlich, ein gutes Wort für mich einzulegen."
"Y por favor, ten la amabilidad de decirme algo bueno".
Gregor hatte seine Erklärung recht hastig vorgetragen.
Gregor había pronunciado su explicación con bastante precipitación.
Er wusste selbst kaum, was er eigentlich sagen wollte.
Apenas sabía lo que realmente estaba tratando de decir.
Er ging zu der Kiste und versuchte, sich daran hochzuziehen.
Se acercó a la caja y trató de usarla para ponerse de pie.
Er hatte wirklich die feste Absicht, die Tür zu öffnen.
Realmente tenía toda la intención de abrir la puerta.
Er wollte vom Bevollmächtigten empfangen werden.
Quería ser visto por el representante autorizado.
Und er wollte das Problem persönlich mit ihm lösen.
Y quería resolver el problema con él personalmente.
Er war gespannt darauf, wie die anderen auf ihn reagieren würden.
Estaba ansioso por saber cómo reaccionarían los demás ante él.
Sie sind bestimmt inzwischen auch gespannt darauf, wie es ihm geht.
Ya deben estar ansiosos por ver cómo está.
Es gab zwei mögliche Arten, wie sie auf ihn reagieren konnten.
Había dos formas posibles en las que podían reaccionar ante él.
Eine Möglichkeit war, dass sie Angst bekommen würden.
Una posibilidad era que estuvieran asustados.
Wenn sie Angst hatten, dann trug er keine Verantwortung.
Si estaban asustados entonces él no tenía ninguna responsabilidad.

Und dann müsste er sich keine Sorgen mehr um die Situation machen.

Y entonces no tendría que preocuparse por la situación.

Es gab aber auch noch eine andere Möglichkeit, die man in Betracht ziehen musste.

Pero también había otra posibilidad en la que pensar.

Vielleicht würden sie ihn so, wie er war, einfach hinnehmen.

Quizás aceptarían con calma su forma de ser.

Dann hätte auch Gregor keinen Grund, sich aufzuregen.

Entonces Gregor tampoco tendría motivos para enojarse.

Es bliebe noch genügend Zeit, den Zug zu erreichen.

Todavía habría tiempo suficiente para coger el tren.

Das Aufrechtstehen war jedoch alles andere als einfach.

Sin embargo, mantenerse en pie no fue una tarea fácil.

Bei seinen ersten Versuchen rutschte er von der Kiste ab.

En sus primeros intentos se resbaló de la caja.

Die Kiste war zu glatt, als dass er sich dagegen stemmen konnte.

La caja era demasiado lisa para que él pudiera apoyarse contra ella.

Und schließlich gab er sich noch einen letzten Anstoß, um aufzustehen.

Y finalmente se dio un último empujón para ponerse de pie.

Er schenkte den Schmerzen in seinem Bauch keine Beachtung mehr.

Ya no le prestó más atención al dolor en su abdomen.

Egal wie groß der Schmerz sein würde, er würde es durchstehen.

No importaba cuánto dolor sintiera, él lo superaría.

Er ließ sich gegen die Lehne eines nahegelegenen Stuhls fallen.

Se dejó caer contra el respaldo de una silla cercana.

Und er hielt sich mit seinen kleinen Beinchen am Rand fest.

Y se agarró a los bordes con sus pequeñas piernas.

Zu diesem Zeitpunkt hatte er sich besser im Griff.

En ese momento ya tenía más control de sí mismo.

Und sein Fall war stiller als der vorherige.
Y su caída fue más silenciosa que la anterior.
Weil er dem Manager zuhören musste.
Porque tenía que escuchar lo que decía el gerente.
„Habt ihr irgendetwas davon verstanden?", fragte er die Eltern.
¿Entendieron algo de eso?, preguntó a los padres.
"Er würde uns doch nicht zum Narren halten, oder?"
"No se burlaría de nosotros, ¿verdad?"
„Um Gottes Willen!", rief die Mutter und weinte bereits.
—¡Por Dios! —gritó la madre, ya llorando.
„Er könnte schwer krank sein und wir quälen ihn."
"Puede que esté gravemente enfermo y lo estamos atormentando".
"Grete! Grete!", schrie sie ihrer Tochter zu.
"¡Grete! ¡Grete!", le gritó a la hija.
„Mutter?", rief die Schwester von der anderen Seite.
"¿Mamá?" llamó la hermana desde el otro lado.
Dann kommunizierten sie durch Gregors Zimmer.
Luego se comunicaron a través de la habitación de Gregor.
„Gregor ist sehr krank und braucht Medikamente."
Gregor está muy enfermo y necesita medicamentos.
„Sie müssen sofort zum Arzt gehen."
"Tendrás que ir al médico inmediatamente."
Hast du gehört, wie Gregor eben gesprochen hat?
¿Escuchaste cómo habló Gregor hace un momento?
„Das war die Stimme eines Tieres", sagte der Manager.
"Esa era la voz de un animal", dijo el gerente.
Seine Worte waren leise im Vergleich zu den Schreien der Mutter.
Sus palabras eran silenciosas comparadas con los gritos de la madre.
"Anna! Anna!", rief der Vater durch das Vorzimmer.
—¡Anna! ¡Anna! —llamó el padre desde la antesala.
Und er klatschte in die Hände, um ihre Aufmerksamkeit zu erregen.
Y aplaudió para llamar su atención.

"Holt sofort einen Schlüsseldienst!", befahl er dem
Dienstmädchen.
"¡Llama a un cerrajero inmediatamente!" le ordenó a la criada.
Die Mädchen rannten in ihren Röcken durch das
Vorzimmer.
Las muchachas, con sus faldas, corrían por la antesala.
Und ihre Röcke raschelten, als sie an seinem Zimmer
vorbeiliefen.
Y sus faldas crujieron mientras corrían frente a su habitación.
„Wie konnte sich die Schwester so schnell anziehen?",
dachte er.
"¿Cómo se vistió la hermana tan rápido?" pensó.
Die Tür war aufgerissen, aber nicht zugeschlagen.
La puerta se abrió de golpe, pero no se cerró de golpe.
Dies kommt häufig in Haushalten vor, in denen ein großes
Unglück geschieht.
Esto es común en los hogares donde ocurre una gran
desgracia.
All das hatte Gregor jedoch deutlich ruhiger gemacht.
Pero todo esto había hecho que Gregor se volviera mucho más
tranquilo.
Als er seine eigenen Worte hörte, erschienen sie ihm klar.
Cuando escuchó sus propias palabras le parecieron claras.
Tatsächlich war er der Ansicht, seine Worte seien eigentlich
klarer gewesen.
De hecho, sintió que sus palabras habían sido más claras.
Die anderen aber verstanden nicht mehr, was er sagte.
Pero los demás ya no entendían lo que decía.
Vielleicht hatte er sich inzwischen an seine Ohren gewöhnt.
Quizás ya se había acostumbrado a sus oídos.
Aber zumindest verstanden sie seine Situation jetzt besser.
Pero al menos ahora schtendían mejor su situación.
Sie erkannten, dass mit ihm tatsächlich etwas nicht stimmte.
Se dieron cuenta de que realmente había algo mal con él.
Und sie taten nun alles, was sie konnten, um ihm zu helfen.
Y ahora estaban haciendo todo lo que podían para ayudarlo.

Dies gab Gregor ein Gefühl des Selbstvertrauens, das ihm gefehlt hatte.

Esto le dio a Gregor una sensación de confianza que le faltaba.

Und er fühlte sich in der Familie wieder viel sicherer.

Y se sintió nuevamente mucho más seguro en la familia.

Er hatte das Gefühl, wieder in den menschlichen Kreis aufgenommen zu sein.

Se sintió incluido nuevamente en el círculo humano.

Nun musste er hoffen, dass der Schlüsseldienst die Tür öffnen konnte.

Ahora tenía que esperar que el cerrajero pudiera abrir la puerta.

Und er hoffte, der Arzt könne solche Aufgaben ausführen.

Y esperaba que el médico pudiera realizar tales tareas.

Er würde bald wieder mehr reden müssen.

Pronto tendría que hablar más.

Seine Stimme musste so klar wie möglich sein.

Su voz tendría que ser lo más clara posible.

Zur Vorbereitung auf das Treffen räusperte er sich.

Para prepararse para la reunión se aclaró la garganta.

Er bemühte sich jedoch, nur sehr leise zu husten.

Sin embargo, hizo todo lo posible para toser muy silenciosamente.

Das Geräusch klang möglicherweise anders als ein menschlicher Husten.

El ruido podría haber sonado diferente a una tos humana.

Er wusste, dass er solche Dinge nicht mehr unterscheiden konnte.

Sabía que ya no podía diferenciar esas cosas.

Im Nebenzimmer war es vollkommen still geworden.

En la habitación contigua reinaba un silencio absoluto.

Die Eltern saßen wahrscheinlich am Tisch.

Los padres probablemente estaban sentados a la mesa.

Möglicherweise flüsterten sie mit dem Manager.

Quizás estaban susurrando con el gerente.

Vielleicht lehnten alle an der Tür und lauschten.

Quizás todos estaban apoyados en la puerta y escuchando.

Gregor schob den Stuhl langsam in Richtung Tür.
Gregor empujó lentamente la silla hacia la puerta.
Er stemmte sich gegen die Tür und hielt sich aufrecht.
Empujó la puerta y se mantuvo en pie.
Er stellte fest, dass sich an seinen Fußsohlen ein wenig Klebstoff befand.
Se enteró de que las almohadillas de sus pies tenían un poco de pegamento.
Und er ruhte sich dort einen Moment lang von der Anstrengung aus.
Y descansó allí un momento del esfuerzo.
Nachdem er sich ausreichend ausgeruht hatte, begann er mit der nächsten Aufgabe.
Después de descansar lo suficiente, comenzó con la siguiente tarea.
Er begann, den Schlüssel mit dem Mund im Schloss zu drehen.
Empezó a girar la llave en la cerradura con la boca.
Leider schien er gar keine Zähne zu haben.
Desafortunadamente, parecía que no tenía dientes reales.
Aber welche andere Möglichkeit hätte er gehabt, an die Schlüssel zu gelangen?
¿Pero qué otra forma tenía de conseguir las llaves?
Zum Glück für ihn waren seine Kiefer natürlich sehr kräftig.
Afortunadamente para él, sus mandíbulas eran, por supuesto, muy fuertes.
Mit Hilfe seiner Kiefermuskeln brachte er den Schlüssel tatsächlich in Bewegung.
Con la ayuda de sus mandíbulas realmente consiguió mover la llave.
Er hatte keinen Zweifel daran, dass er sich damit auch selbst schadete.
No tenía ninguna duda de que él también se estaba haciendo daño.
Weil eine braune Flüssigkeit aus seinem Mund kam.
Porque de su boca salía un líquido marrón.

Die braune Flüssigkeit ergoss sich über den Schlüssel und die Tür hinunter.

El líquido marrón fluyó sobre la llave y por la puerta.

Aber Gregor kümmerte es nicht, dass er sich selbst schadete.

Pero a Gregorio no le importaba hacerse daño a sí mismo.

„Können Sie das hören?", fragte der Manager im Nebenraum.

"¿Puedes oír eso?" dijo el gerente en la habitación de al lado.

„Er dreht den Schlüssel um", hatte der Manager bemerkt.

"Está girando la llave", había notado el gerente.

Diese Worte waren eine große Ermutigung für Gregor.

Estas palabras fueron un gran estímulo para Gregor.

Aber auch Vater und Mutter hätten rufen sollen:

Pero el padre y la madre también deberían haber gritado:

„Gut gemacht, Gregor!", hätten sie ihm zurufen sollen.

«¡Bien, Gregor!», deberían haberle gritado.

„Immer weiter, immer weiter am Schlüssel drehen, du schaffst das."

"Sigue adelante, sigue girando esa llave, puedes lograrlo".

Stattdessen musste Gregor sich ihre Begeisterung vorstellen.

Pero Gregor tuvo que imaginarse su emoción.

Er presste die Zähne zusammen mit aller Kraft, die er hatte.

Apretó las mandíbulas con toda la fuerza que tenía.

Und er drehte den Schlüssel weiter im Schloss.

Y continuó girando la llave en la cerradura.

Sein Körper wand sich schmerzhaft im Kreis.

Dolorosamente su cuerpo se retorció en un círculo.

Er konnte sich nur noch mit dem Mund aufrecht halten.

Ahora se mantenía erguido únicamente con la boca.

Um den Schlüssel weiterzudrehen, drückte er gegen die Tür.

Para seguir girando la llave presionó contra la puerta.

Schließlich weckte das Knacken des Schlosses Gregor wieder auf.

Finalmente el chasquido de la cerradura despertó de nuevo a Gregor.

„Ich brauchte also keinen Schlüsseldienst", seufzte er erleichtert.

"Así que no necesité al cerrajero", suspiró aliviado.

Jetzt musste er nur noch die Tür öffnen, die er aufgeschlossen hatte.

Ahora sólo faltaba abrir la puerta que había desbloqueado.

Und mit dem Kopf auf dem Türgriff öffnete er die Tür.

Y con la cabeza en el pomo abrió la puerta.

Er befand sich hinter der Tür, die in sein Zimmer führte.

Estaba detrás de la puerta que daba a su habitación.

Die Tür war also schon offen, bevor man ihn sehen konnte.

Así que la puerta ya estaba abierta antes de que pudiera ser visto.

Als Nächstes musste er sich um die Tür herummanövrieren.

A continuación tuvo que maniobrar para rodear la puerta.

Diese schwierige Bewegung erforderte auch viel Mühe.

Este difícil movimiento también requirió mucho esfuerzo.

Er wollte nicht ungeschickt in den nächsten Raum fallen.

No quería caer torpemente en la habitación contigua.

So hatte er keine Zeit, sich auf irgendetwas anderes zu konzentrieren.

Así que no tuvo tiempo de prestar atención a nada más.

Doch dann hörte er den Hauptsekretär laut „Oh!" ausrufen.

Pero entonces oyó al jefe de oficina exclamar en voz alta: "¡Oh!".

Es klang, als würde der Wind durchs Haus rauschen.

Sonaba como si el viento corriera a través de la casa.

Er war zufällig derjenige, der der Tür am nächsten stand.

Resultó que él era el que estaba más cerca de la puerta.

Und als er ihn nun sah, presste er die Hand an den Mund.

Y al verlo, se llevó la mano a la boca.

Langsam bewegte er sich rückwärts, weg von Gregor.

Se movió lentamente hacia atrás, alejándose de Gregor.

Aber es war, als ob eine unsichtbare Kraft auf ihn einwirkte.

Pero era como si una fuerza invisible actuara sobre él.

Das Erste, was die Mutter tat, war, den Vater anzusehen.

Lo primero que hizo la madre fue mirar al padre.

Trotz der Anwesenheit des Managers war ihr Haar zerzaust.

A pesar de la presencia del gerente, su cabello estaba despeinado.

Sie verschränkte die Arme und machte zwei Schritte nach vorn.

Desplegó los brazos y dio dos pasos hacia adelante.

Doch dann brach sie mitten in ihrem Rock zusammen.

Pero entonces se desplomó en medio de su falda.

Ihr Kleid breitete sich um sie herum auf dem Boden aus.

Su vestido se extendió a su alrededor en el suelo.

Und ihr Kopf verschwand auf ihren eigenen Brüsten.

Y su cabeza desapareció sobre sus propios pechos.

Der Vater ballte mit feindseligem Gesichtsausdruck die Faust.

El padre apretó el puño con expresión hostil.

Er schien Gregor zurück in sein Zimmer drängen zu wollen.

Parecía querer que Gregor fuera empujado de nuevo a su habitación.

Dann blickte er unsicher im Wohnzimmer umher.

Luego miró con incertidumbre alrededor de la sala de estar.

Und schließlich bedeckte er seine Augen mit den Händen.

Y finalmente se cubrió los ojos entre las manos.

Und er weinte bitterlich, bis seine mächtige Brust erbebte.

Y lloró amargamente hasta que su poderoso pecho se estremeció.

Gregor betrat ihr Zimmer tatsächlich gar nicht.

Gregor en realidad no entró en su habitación.

Stattdessen lehnte er sich an den Türrahmen.

En lugar de eso, se apoyó contra el marco de la puerta.

Von außen war nur die Hälfte seines Körpers sichtbar.

Para los que estaban desde fuera solo era visible la mitad de su cuerpo.

Und auf seinem Körper befand sich sein Kopf, zur Seite geneigt.

Y encima de su cuerpo estaba su cabeza, inclinada hacia un lado.

Das Licht war inzwischen viel heller geworden als zuvor.

Para entonces la luz se había vuelto mucho más brillante que antes.

Man konnte nun deutlich die andere Straßenseite sehen.

Ahora se podía ver claramente el otro lado de la calle.

Ein Teil des endlosen, grauen Krankenhauses gab sich zu erkennen.

Apareció una sección del interminable y gris hospital.

Der Morgenregen hatte noch nicht ganz aufgehört.

La lluvia de la mañana aún no había parado del todo de caer.

Doch nun waren die Regentropfen größer und weiter voneinander entfernt.

Pero ahora las gotas de lluvia eran más grandes y estaban más separadas.

Das Frühstücksbuffet war in Hülle und Fülle vorhanden.

Los platos del desayuno estaban en abundancia en la mesa.

Der Vater hielt das Frühstück für die wichtigste Mahlzeit.

El padre pensaba que el desayuno era la comida más importante.

Das Frühstück war eine Mahlzeit, die er stundenlang in die Länge zog.

El desayuno era una comida que se prolongaba durante horas.

Und in diesen Stunden las er die verschiedenen Zeitungen.

Y en esas horas leía los distintos periódicos.

Direkt gegenüber hing ein Foto von Gregor.

Justo en la pared opuesta colgaba una fotografía de Gregor.

Das Foto an der Wand zeigte ihn als Leutnant.

La fotografía en la pared lo mostraba como teniente.

Es war ein Foto aus seiner Zeit beim Militär.

Era una fotografía de su época en el ejército.

Seine Hand ruhte auf seinem Schwert, und er hatte ein unbeschwertes Lächeln im Gesicht.

Su mano estaba sobre su espada y tenía una sonrisa despreocupada.

Seine Haltung und seine Uniform flößten einen gewissen Respekt ein.

Su postura y su uniforme exigían cierto respeto.

Die andere Tür, die zum Vorzimmer führte, war ebenfalls offen.

La otra puerta que conducía a la antesala también estaba abierta.

Und die Tür zur Wohnung war auch noch offen.

Y la puerta del apartamento todavía estaba abierta también.

Man konnte bis zum Vorhof des Wohnhauses sehen.

Se podía ver hasta el patio delantero del apartamento.

Und dann führte die Treppe hinunter auf die Straße.

Y luego las escaleras conducían a la calle de abajo.

Gregor war der Einzige, der die Fassung bewahrt hatte.

Gregor fue el único que mantuvo la compostura.

Er hat das gesehen, daher lag die Verantwortung für das Gespräch bei ihm.

Él vio esto, por lo que la conversación era su responsabilidad.

"So, ich werde mich jetzt für die Arbeit anziehen", sagte er.

"Bueno, ahora me voy a vestir para ir a trabajar", dijo.

„Sobald ich die Textilmuster verpackt habe, werde ich abreisen."

"Después de haber empaquetado las muestras textiles, me iré."

"Beabsichtigen Sie immer noch, mich zu entlassen, Herr Prokurist?"

"¿Aún tiene intención de dispararme, señor Prokurist?"

„Wie Sie sehen, bin ich nicht so stur, wie Sie dachten."

"Como puedes ver, no soy tan terco como pensabas."

„Und Sie können sehen, dass ich doch gerne arbeite."

"Y puedes ver que después de todo me gusta trabajar".

„Ich kann zugeben, dass Reisen aus beruflichen Gründen nicht einfach ist."

"Puedo admitir que viajar por trabajo no es fácil".

„Aber ich kann auch akzeptieren, dass es Teil meines Jobs ist."

"Pero también puedo aceptar que es parte de mi trabajo".

"Manager, wo gehen Sie hin? Zurück ins Büro?"

"Gerente, ¿adónde va? ¿De vuelta a la oficina?"

„Werden Sie alles, was Sie gesehen haben, wahrheitsgemäß berichten?"

"¿Informarás verazmente de todo lo que has visto?"
„Manchmal kommt es vor, dass man nicht zur Arbeit gehen kann."
"A veces sucede que uno no puede ir a trabajar."
„Das ist der richtige Zeitpunkt, um sich an vergangene Erfolge zu erinnern."
"Este es el momento adecuado para recordar los logros pasados".
„Nachdem die Schwierigkeit beseitigt wurde, funktioniert es sogar noch besser."
"Después de eliminar la dificultad, uno trabaja aún mejor."
„Mein Fleiß und meine Konzentration werden zunehmen."
"Mi diligencia y concentración aumentarán".
"Sie wissen ganz genau, dass ich dem Chef etwas schulde."
"Sabes muy bien que estoy en deuda con el jefe."
„Aber ich mache mir auch Sorgen um meine Eltern und meine Schwester."
"Pero también estoy preocupada por mis padres y mi hermana".
„Ich stecke in einer schwierigen Lage, aber ich werde einen Weg finden, da wieder herauszukommen."
"Estoy en una situación difícil, pero encontraré la manera de salir de ella".
„Macht es nicht noch schwieriger, als es ohnehin schon ist."
"No hagas esto más difícil de lo que ya es."
„Als Kollegen müssen wir uns auch gegenseitig helfen."
"Como compañeros de trabajo también tenemos que ayudarnos unos a otros".
„Ich weiß, dass die Büroangestellten die Reisenden nicht mögen."
"Sé que a los trabajadores de oficina no les gustan los viajeros".
„Ihr glaubt, wir verdienen ein Vermögen und führen ein gutes Leben."
"¿Crees que ganamos una fortuna y llevamos una buena vida?"
„Sie haben keinen wirklichen Grund, ihre Vorurteile zu hinterfragen."

"No tienen ningún motivo real para considerar sus prejuicios".
„Sie als befugter Beamter haben jedoch eine andere Rolle."
"Pero usted, oficial autorizado, tiene un papel diferente."
„Sie haben einen besseren Überblick als die anderen Mitarbeiter."
"Tienes una mejor visión general que el resto del personal".
„Tatsächlich glaube ich, dass Sie den besten Überblick haben."
"De hecho, creo que probablemente tengas la mejor visión general".
„Sie haben einen besseren Überblick als der Chef selbst."
"Tienes una visión mejor que el propio jefe".
„Ich gebe zu, dass der Chef die unternehmerische Arbeit leistet."
"Admito que el jefe hace el trabajo empresarial".
„Aber es ist leicht, dass seine Urteile in die Irre geführt werden."
"Pero es fácil que sus juicios sean erróneos."
„Und diese kleinen Fehleinschätzungen können uns zum Nachteil gereichen."
"Y estos pequeños errores de juicio pueden ser en nuestro detrimento".
„Sie wissen ja, wie leicht es ist, über den Reisenden zu sprechen."
"Ya sabes lo fácil que es hablar del viajero."
„Er ist nicht da, um seinen Ruf vor Gerüchten zu verteidigen."
"Él no está allí para defender su reputación de los chismes".
„Diese Anschuldigungen können leicht nur Zufälle sein."
"Esas acusaciones pueden fácilmente ser meras coincidencias".
„Viele Beschwerden beruhen nicht einmal auf irgendeiner Wahrheit."
"Muchas quejas ni siquiera tienen su base en ninguna verdad."
„Er ist fast das ganze Jahr über nicht im Büro."
"Está fuera de la oficina casi todo el año."
Welche Chance hat er, seinen Ruf zu verteidigen?
¿Qué posibilidades tiene de defender su propia reputación?

„Er erfährt gar nichts von den Anschuldigungen."
"Ni siquiera se entera de las acusaciones".
„Er erfährt erst, was gesagt wurde, wenn es zu spät ist."
"Se entera de lo que se ha dicho cuando ya es demasiado tarde."
„Zu diesem Zeitpunkt ist er von der Tagesreise völlig erschöpft."
A estas alturas ya está exhausto por el viaje del día.
„Er muss die schrecklichen Konsequenzen trotzdem am eigenen Leib erfahren."
"De todos modos, tendrá que experimentar las terribles consecuencias".
„Auch wenn er keine Möglichkeit hat, das Problem zu verstehen."
"Aunque no tiene forma de entender el problema."
"Oh Manager, gehen Sie nicht, ohne mir ein Wort zu sagen."
"Oh, gerente, no se vaya sin decirme una palabra".
„Sag mir wenigstens, dass du mir teilweise zustimmst."
"Al menos dime que estás de acuerdo conmigo en parte."
Der Manager hatte sich aber schon viel früher von Gregor abgewandt.
Pero el manager se había alejado de Gregor mucho antes.
Seine Schulter zuckte, als er Gregor anblickte.
Su hombro se contrajo cuando volvió a mirar a Gregor.
Und er blieb während der gesamten Rede kein einziges Mal stehen.
Y no se quedó quieto ni un solo momento durante su discurso.
Er hatte Gregor mit zusammengepressten Lippen angesehen.
Él había mirado a Gregor con los labios fruncidos.
Er hatte sich allmählich in Richtung Tür zurückgezogen.
Se había ido retirando gradualmente hacia la puerta.
Aber auch er konnte den Blick nicht von Gregor abwenden.
Pero tampoco podía apartar la mirada de Gregor.
Er hatte das Gefühl, es gäbe ein geheimes Verbot, den Raum zu verlassen.
Sintió como si hubiera una prohibición secreta de salir de la habitación.

Zu diesem Zeitpunkt befand er sich aber bereits in der Eingangshalle.

Pero a estas alturas ya estaba en el vestíbulo de entrada.

Und nun machte er eine plötzliche Bewegung in Richtung Ausgang.

Y ahora hizo un movimiento repentino hacia la salida.

Er streckte seine rechte Hand in Richtung der Treppe aus.

Extendió su mano derecha hacia las escaleras.

Vielleicht wartete eine übernatürliche Macht darauf, ihn zu retten.

Quizás una fuerza sobrenatural estaba esperando para salvarlo.

Gregor wusste, dass er ihn so nicht gehen lassen konnte.

Gregor sabía que no podía permitir que se fuera así.

Der Manager darf nicht in der Stimmung zurückkehren, in der er sich befand.

El gerente no debe regresar con el mismo humor en el que estaba.

Gregors Arbeitsplatz war stark gefährdet.

La seguridad del trabajo de Gregor estaba en grave peligro.

Die Eltern konnten das alles nicht vollständig verstehen.

Los padres no podían comprender plenamente todo esto.

Über die Jahre hatten sie sich an seine Arbeitsplatzsicherheit gewöhnt.

Con los años se habían acostumbrado a su seguridad laboral.

Und sie waren davon überzeugt, dass er den Job auf Lebenszeit hatte.

Y se convencieron de que tenía el trabajo de por vida.

Stattdessen hatten sie sich mit anderen Sorgen beschäftigt.

En lugar de eso, se habían ocupado de otras preocupaciones.

Doch diese Bedenken führten dazu, dass sie jegliche Weitsicht verloren.

Pero estas preocupaciones les hicieron perder toda previsión.

Gregor hatte jedoch die elterliche Weitsicht nicht verloren.

Gregor, sin embargo, no había perdido la previsión paterna.

Jemand musste den Bevollmächtigten stoppen.

Alguien tenía que detener al representante autorizado.

Er musste ihn beruhigen und überzeugen.
Iba a tener que calmarlo y convencerlo.
Davon hing die Zukunft von Gregor und seiner Familie ab!
¡El futuro de Gregor y su familia dependía de ello!
Wenn doch nur die kluge Schwester da gewesen wäre, um zu helfen.
Ojalá la inteligente hermana hubiera estado allí para ayudar.
Sie hatte schon geweint, als Gregor noch in seinem Zimmer war.
Ella ya había llorado cuando Gregor todavía estaba en su habitación.
Zu diesem Zeitpunkt lag er einfach nur ruhig auf dem Rücken.
En ese momento él simplemente yacía tranquilamente boca arriba.
Sie wusste damals schon um die Bedeutung der Situation.
Ella ya sabía entonces la importancia de la situación.
Der Manager hatte bekanntermaßen eine Schwäche für Frauen.
El gerente tenía una debilidad bien conocida por las mujeres.
Sie hätte ihn leicht dazu überreden können, länger zu bleiben.
Ella fácilmente podría haberlo persuadido para que se quedara más tiempo.
Sie hätte die Tür geschlossen und ihn wieder hineingeführt.
Ella habría cerrado la puerta y lo habría guiado adentro.
Doch leider war die Schwester bereits aufgebrochen, um einen Arzt zu holen.
Pero desafortunadamente la hermana había ido a buscar un médico.
Deshalb blieb Gregor nichts anderes übrig, als es selbst zu tun.
Así que Gregor no tuvo más remedio que hacerlo él mismo.
Er hatte nicht bedacht, welche Fähigkeiten er tatsächlich besaß.
No había considerado cuáles eran realmente sus habilidades.

Und er hatte vergessen, seiner Fähigkeit zu sprechen zu misstrauen.

Y se había olvidado de desconfiar de su capacidad de hablar.

Dennoch verließ er die Sicherheit seines Zimmers.

Pero aún así, abandonó la seguridad de su habitación.

Und er drängte sich durch die Öffnung des Zimmers.

Y se abrió paso a través de la abertura de la habitación.

Der Manager war bereits auf dem Weg die Treppe hinunter.

El gerente ya estaba bajando las escaleras.

Aber er hielt sich mit beiden Händen am Geländer fest.

Pero él se agarraba a la barandilla con ambas manos.

Gregor stürzte, als er sich durch die Tür schob.

Gregor se cayó mientras intentaba atravesar la puerta.

Er stieß einen kleinen Schrei aus, als er nach Halt griff.

Dejó escapar un pequeño grito mientras trataba de agarrar algo para apoyarse.

Doch anstatt in Panik zu geraten, verspürte er ein körperliches Wohlbefinden.

Pero en lugar de pánico, sintió un bienestar físico.

Zum ersten Mal an diesem Morgen fühlte sich etwas richtig an.

Por primera vez esa mañana algo se sintió bien.

Alle seine Beine standen nun auf festem Boden.

Todas sus piernas ahora tenían tierra sólida debajo de ellas.

Er war überrascht, wie gut er seine Beine kontrollieren konnte.

Se sorprendió de lo bien que podía controlar sus piernas.

Er freute sich, festzustellen, dass seine Beine ihm vollkommen gehorchten.

Se alegró de notar que sus piernas le obedecían completamente.

Tatsächlich trugen ihn seine Beine überall hin, wo er hinwollte.

De hecho, sus piernas lo llevaban a donde quería.

Bald würden all seine Sorgen ein Ende finden.

Pronto todas sus penas estaban destinadas a llegar a su fin.

Doch im selben Augenblick sprang seine eigene Mutter auf.

Pero en ese mismo momento su propia madre saltó.

Ihre Arme waren ausgestreckt und ihre Finger gespreizt.

Sus brazos estaban extendidos y sus dedos separados.

Und sie schrie: „Hilfe, um Gottes willen, helft mir!"

Y ella gritó: "¡Socorro! ¡Por el amor de Dios, que alguien ayude!"

Sie neigte den Kopf; sie wollte Gregor besser sehen.

Ella inclinó la cabeza; quería ver mejor a Gregor.

Doch im Gegensatz zu ihrer ersten Handlung rannte sie zurück.

Pero en contraposición a la primera acción, ella corrió hacia atrás.

Sie hatte vergessen, dass der Tisch hinter ihr gedeckt war.

Se había olvidado que la mesa estaba puesta detrás de ella.

Alle Speisen fürs Frühstück standen noch auf dem Tisch.

Todos los elementos para el desayuno todavía estaban en la mesa.

Sie setzte sich hastig auf den Tisch, als sei sie abgelenkt.

Se sentó apresuradamente en la mesa, como distraída.

Und sie schien den verschütteten Kaffee nicht zu bemerken.

Y ella no pareció darse cuenta del café derramado.

Der Kaffee, der inzwischen in den Teppich eingezogen war.

El café que ahora estaba empapando la alfombra.

„Mutter, Mutter", sagte Gregor leise und blickte zu ihr auf.

—Mamá, madre —dijo Gregor suavemente, mirándola.

Im Moment war ihm der Manager nicht wichtig.

Por el momento el manager no era importante para él.

Aber da war auch noch der Kaffee, der auf den Teppich tropfte.

Pero también estaba el café goteando sobre la alfombra.

Gregor konnte nicht widerstehen und schnappte nach dem Kaffee.

Gregor no pudo resistirse a chasquear las mandíbulas al tomar el café.

Die Mutter fing wegen seines Verhaltens wieder an zu weinen.

La madre comenzó a llorar nuevamente por su
comportamiento.
Sie sprang vom Tisch, um Abstand von ihm zu gewinnen.
Ella saltó de la mesa para distanciarse de él.
**Und sie rannte in die Arme ihres Vaters, um Schutz zu
suchen.**
Y ella corrió a los brazos del padre, buscando seguridad.
Doch Gregor hatte jetzt keine Zeit mehr für seine Eltern.
Pero Gregor ya no tenía tiempo que perder con sus padres.
Der zuständige Beamte befand sich bereits auf der Treppe.
El oficial autorizado ya estaba en las escaleras.
**Er hatte sein Kinn auf dem Geländer, um ins Haus zu
schauen.**
Apoyó la barbilla en la barandilla para mirar dentro de la casa.
**Offenbar wollte er sich das Spektakel noch ein letztes Mal
ansehen.**
Al parecer quería echar un último vistazo al espectáculo.
**Und Gregor unternahm einen letzten Versuch, den Manager
zu erreichen.**
Y Gregor hizo un último esfuerzo para llegar hasta el gerente.
Er rannte so sicher wie möglich zur Tür.
Corrió hacia la puerta tan seguro como pudo.
Aber der Hauptsekretär muss etwas geahnt haben.
Pero el jefe de oficina debía de sospechar algo.
Denn er sprang mehrere Stufen hinunter und verschwand.
Porque saltó varios escalones y desapareció.
**"Huh!", rief Gregor, und sein Ruf hallte durch das
Treppenhaus.**
—¡Huh! —gritó Gregor, resonando en la escalera.
**Die Flucht des Managers schien auch seinen Vater zu
verwirren.**
La fuga del gerente también pareció confundir a su padre.
Bis dahin war es ihm gelungen, recht gefasst zu bleiben.
Hasta entonces había conseguido mantener la compostura.
**Doch leider verlor auch er die Fassung, die er zuvor
besessen hatte.**

Pero desgraciadamente él también perdió la compostura que había tenido.

Er hätte Gregor bei seinem Vorhaben helfen sollen.

Lo que debería haber hecho es ayudar a Gregor en su persecución.

Doch er packte den Gehstock des Managers mit einer Hand.

Pero con una mano agarró el bastón del gerente.

In seiner anderen Hand hielt er nun eine Zeitung.

Y en la otra mano sostenía ahora un periódico.

Und nun behinderte er Gregor direkt bei seinem Vorhaben.

Y ahora estorbó directamente a Gregor en su persecución.

Er hatte sich zwischen Gregor und die Straße gestellt.

Se había colocado entre Gregor y la calle.

Er stampfte mit den Füßen auf und fuchtelte mit dem Stock und der Zeitung herum.

Golpeó el suelo con los pies y agitó el palo y el periódico.

Und er zwang Gregor aktiv zurück in sein Zimmer.

Y él estaba forzando activamente a Gregor a regresar a su habitación.

Keine der Bitten, die Gregor äußerte, half.

Ninguna de las peticiones que Gregor intentó hacer sirvió de algo.

Weil keines seiner Anliegen verstanden wurde.

Porque ninguna de las peticiones que hizo fue entendida.

Er wandte den Kopf in eine tiefere, demütigere Haltung.

Giró la cabeza hacia un ángulo más profundo y humilde.

Doch sein Vater antwortete, indem er noch heftiger mit den Füßen aufstampfte.

Pero su padre respondió golpeando el suelo con más fuerza.

Die Mutter öffnete trotz des kühlen Wetters ein Fenster.

La madre abrió una ventana, a pesar del clima frío.

Und sie presste ihr Gesicht in die Hände vor Kälte.

Y apretó su cara entre sus manos en el frío.

Der Wind konnte nun durch die gesamte Wohnung strömen.

El viento ahora podría pasar por todo el apartamento.

Ein starker Luftzug wehte vom Treppenhaus in die Gasse.

Una fuerte corriente de aire soplaba desde la escalera hacia el callejón.

Die Vorhänge wurden vom starken Wind hin und her bewegt.

Las cortinas se agitaban a causa del fuerte viento.

Und die Zeitung auf dem Tisch raschelte im Wind.

Y el periódico sobre la mesa crujió con el viento.

Sogar einige Blätter wurden von draußen ins Haus geweht.

Incluso algunas hojas fueron arrastradas hasta el interior de la casa desde el exterior.

Der Vater stampfte mit den Füßen und schob unerbittlich.

El padre pateaba y empujaba sin descanso.

Und er zischte und gab Geräusche von sich, wie es ein Wilder tun würde.

Y silbaba y hacía ruidos como lo haría un hombre salvaje.

Gregor hatte das Rückwärtsgehen aber noch nicht geübt.

Pero Gregor aún no había practicado el caminar hacia atrás.

Selbst Gregor würde zugeben, dass diese Bewegung wesentlich langsamer vonstatten ging.

Incluso Gregor admitiría que este movimiento era mucho más lento.

Doch alles, was er wollte, war die Gelegenheit, umzukehren.

Pero lo único que quería era la oportunidad de cambiar las cosas.

Dann wäre er sofort in sein Zimmer gegangen.

Entonces se habría ido directamente a su habitación.

Aber er hatte zu große Angst, seinen Vater ungeduldig zu machen.

Pero tenía demasiado miedo de impacientar a su padre.

Und es bestand die Drohung mit einem Schlag mit dem Stock.

Y allí estaba la amenaza de un golpe con el palo.

Ein solcher Schlag auf den Hinterkopf könnte tödlich sein.

Un golpe así en la parte posterior de la cabeza podría ser fatal.

Am Ende blieb Gregor jedoch keine andere Wahl.

Pero al final Gregor no tuvo otra opción.

Ihm wurde klar, dass er nicht einmal mehr geradeaus rückwärts gehen konnte.

Se dio cuenta de que ni siquiera podía caminar hacia atrás en línea recta.

Er begann sich so schnell wie möglich umzudrehen.

Empezó a girar tan rápido como pudo.

Doch in Wirklichkeit war diese Drehbewegung genauso langsam.

Pero en realidad este movimiento giratorio era igualmente lento.

Und ihm folgten die besorgten Blicke des Vaters.

Y le siguieron las miradas ansiosas del padre.

Vielleicht bemerkte der Vater Gregors gute Absichten.

Quizás el padre notó las buenas intenciones de Gregor.

Weil er ihn nicht daran hinderte, sich umzudrehen.

Porque no le impidió darse la vuelta.

Er benutzte sogar die Spitze seines Stocks, um die Drehung zu steuern.

Incluso utilizó la punta de su bastón para guiar la rotación.

Gregor wünschte sich aber dennoch, sein Vater hätte ihn nicht angefaucht!

¡Pero Gregor aún deseaba que su padre no le hubiera silbado!

Das Zischen trug nur noch zur Verwirrung des Augenblicks bei.

El silbido sólo aumentó la confusión del momento.

Und dann unterlief ihm ein Fehler, und er bog in die falsche Richtung ab.

Y luego cometió un error y giró en la dirección equivocada.

Am Ende gelang es ihm schließlich doch, den richtigen Weg einzuschlagen.

Al final logró encarar el camino correcto.

Und er war zufrieden mit den Fortschritten, die er gemacht hatte.

Y estaba satisfecho con el progreso que había logrado.

Doch dann trat das nächste Problem noch deutlicher zutage.

Pero entonces el siguiente problema se hizo aún más evidente.

Sein Körper war zu breit, um problemlos durch die Tür zu passen.

Su cuerpo era demasiado ancho para pasar fácilmente por la puerta.

In seinem jetzigen Zustand bemerkte der Vater dies nicht.

En su estado actual el padre no se dio cuenta de esto.

Deshalb kam es ihm nicht in den Sinn, die Tür weiter zu öffnen.

Así que no se le ocurrió abrir más la puerta.

Dann wäre genügend Platz für Gregor gewesen.

Entonces habría habido suficiente espacio para Gregor.

Seine einzige Priorität war es, Gregor in sein Zimmer zu bringen.

Su única prioridad era conseguir que Gregor entrara a su habitación.

Er hätte aufstehen müssen, um durch die Tür zu passen.

Habría tenido que ponerse de pie para poder pasar por la puerta.

Der Vater hätte ein solches Manöver jedoch nicht zugelassen.

Pero el padre no hubiera permitido tal maniobra.

Tatsächlich fauchte er ihn noch heftiger an als zuvor.

De hecho, le estaba siseando aún más salvajemente que antes.

Es klang nach mehr als nur einem Mann, der ihn anzischt.

Sonaba como si más de un hombre le estuviera silbando.

Seine Forderungen schienen nun an Dringlichkeit gewonnen zu haben.

Sus demandas parecían tener una nueva urgencia detrás.

Für Spielereien war jetzt wirklich keine Zeit mehr.

Realmente ya no había más tiempo para perder el tiempo.

Was auch immer geschah, Gregor musste durch die Tür gelangen.

Pasara lo que pasara, Gregor tenía que atravesar la puerta.

Er kämpfte sich ohne jegliche Rücksicht auf sich selbst durch.

Se abrió paso sin ningún respeto por sí mismo.

Durch die Bewegung wurde eine Seite seines Körpers nach oben gedrückt.
Un lado de su cuerpo fue empujado hacia arriba por el movimiento.
Und er lag unbeholfen und schief zwischen den Türrahmen.
Y él yacía torpe y torcido en el umbral de la puerta.
Eine seiner Flanken war am Holz wundgescheuert.
Uno de sus flancos quedó en carne viva rozando la madera.
Und er hatte hässliche Flecken auf der weiß gestrichenen Tür hinterlassen.
Y había dejado feas manchas en la puerta pintada de blanco.
Auf einer Seite seines Körpers hingen die Beine zitternd in der Luft.
Las piernas de uno de sus costados colgaban temblando en el aire.
Seine anderen Beine drückten schmerzhaft gegen den Boden.
Sus otras piernas estaban presionadas dolorosamente contra el suelo.
Bald würde er vollständig zwischen den Türen eingeklemmt sein.
Pronto se quedaría atrapado completamente entre las puertas.
Und dann hätte er sich überhaupt nicht mehr bewegen können.
Y entonces no habría podido moverse en absoluto.
Doch der Vater gab ihm einen wahrhaft befreienden, starken Anstoß.
Pero el padre le dio un fuerte empujón realmente liberador.
Und er stürzte, stark blutend, tief in sein Zimmer hinein.
Y cayó, sangrando profusamente, hasta el fondo de su habitación.
Der Vater knallte die Tür hinter sich mit seinem Stock zu.
El padre cerró la puerta tras de sí con su bastón.
Und dann kehrte endlich wieder Ruhe ein.
Y finalmente hubo algo de paz y tranquilidad nuevamente.

Teil Zwei
Segunda parte

Gregor wachte erst viel später am Tag auf.
Gregor no se despertó hasta mucho más tarde ese mismo día.
Die Dämmerung war hereingebrochen; er hatte tief und fest geschlafen.
Había anochecido; había dormido profundamente e inconscientemente.
Er wäre auch ohne Störung aufgewacht.
Se habría despertado incluso sin que nadie lo hubiera molestado.
Denn er fühlte sich ausreichend ausgeruht und gut geschlafen.
Porque se sentía suficientemente descansado y bien dormido.
Aber er glaubte, draußen flüchtige Schritte zu hören.
Pero le pareció oír unos pasos fugaces afuera.
Und vielleicht hat jemand die Haustür sorgfältig geschlossen.
Y alguien podría haber cerrado cuidadosamente la puerta principal.
Das Licht der elektrischen Straßenbahn lag blass an der Decke.
La luz del tranvía eléctrico se reflejaba pálidamente en el techo.
Auch die Oberseite der Möbel wurde ein wenig beleuchtet.
La parte superior del mueble también recibió un poco de luz.
Doch unten am Boden, auf Gregors Höhe, war es dunkel.
Pero allá abajo, a la altura de Gregor, estaba oscuro.
Seine Beine schoben ihn langsam wieder in Richtung Tür.
Sus piernas lo empujaron lentamente hacia la puerta nuevamente.
Er war sehr neugierig, zu sehen, was dort geschehen war.
Tenía mucha curiosidad por ver qué había sucedido allí.
Seine Kontrolle über seine Fühler war jedoch noch nicht entwickelt.
Pero su control de sus sensores aún no estaba desarrollado.

Obwohl er diese neuen Sensoren allmählich zu schätzen
begann.

Aunque empezó a apreciar estos nuevos sensores.

Eine lange, unansehnliche Narbe schien seine linke Seite
hinunterzulaufen.

Una cicatriz larga y desagradable parecía recorrer su costado
izquierdo.

Die Narbe fühlte sich an, als würde sie diese Seite seines
Körpers einengen.

La cicatriz parecía como si apretara ese lado de su cuerpo.

Und so musste er buchstäblich auf seinen zwei Beinreihen
humpeln.

Y entonces tuvo que cojear literalmente sobre sus dos filas de
piernas.

Eines seiner Beine war an diesem Morgen schwer verletzt
worden.

Esa mañana una de sus piernas resultó gravemente herida.

Es war wirklich ein Wunder, dass er sich nicht noch mehr
Beine gebrochen hatte.

Realmente fue un milagro que no se hubiera roto más piernas.

Und so schleppte er sein verletztes Bein leblos hinter sich
her.

Y así arrastró sin vida su pierna herida.

Als er die Tür erreichte, erkannte er etwas Tiefgreifendes.

Cuando llegó a la puerta se dio cuenta de algo profundo.

Es war der Geruch von etwas, der ihn dorthin gelockt hatte.

Fue el olor de algo lo que lo atrajo hasta allí.

In Gregors Zimmer war etwas Essbares für ihn hinterlassen
worden.

A Gregor le habían dejado algo comestible en su habitación.

Stückchen Weißbrot schwimmen in einer Schüssel mit
süßer Milch.

Trozos de pan blanco flotando en un cuenco de leche dulce.

Er konnte seine innere Freude kaum verbergen.

Apenas podía contener la alegría que había dentro de él.

Er war jetzt noch hungriger als am Morgen.

Ahora tenía incluso más hambre que por la mañana.

Er tauchte sofort seinen Kopf in die Schüssel mit Milch.

Inmediatamente sumergió su cabeza en el cuenco de leche.

Die Milch quoll ihm fast über den ganzen Kopf, bis zu den Augen.

La leche le salía casi por toda la cabeza, hasta los ojos.

Doch schon bald riss er den Kopf zurück, bitter enttäuscht.

Pero pronto echó la cabeza hacia atrás, amargamente decepcionado.

Das Essen war aufgrund seiner empfindlichen linken Seite schwierig.

Comer era difícil debido a su delicado lado izquierdo.

Und er konnte nur essen, indem er mit dem ganzen Körper keuchte.

Y sólo podía comer jadeando con todo su cuerpo.

Das war jedoch nicht der wahre Grund für seine Enttäuschung.

Pero esa no fue la verdadera razón de su decepción.

Milch war schon immer eines seiner Lieblingsgerichte gewesen.

La leche siempre había sido uno de sus platos favoritos.

Er hatte keinen Zweifel daran, dass seine Schwester sich daran erinnerte.

No tenía ninguna duda de que su hermana recordaba esto.

Und das war der Grund, warum sie ihm Milch gegeben hatte.

Y esa fue la razón por la que le había dado leche.

Er konnte nicht erklären, warum er Milch jetzt nicht mehr mochte.

No podía explicar por qué ahora no le gustaba la leche.

Und er wandte sich fast widerwillig von der Schüssel ab.

Y se apartó del cuenco casi con reticencia.

Enttäuscht kroch er zurück in die Mitte des Raumes.

Decepcionado, se arrastró de nuevo hasta el centro de la habitación.

Hier konnte er durch den Türspalt hindurchsehen.

Desde allí pudo ver a través de la rendija de la puerta.

Er konnte sehen, dass im Wohnzimmer das Feuer brannte.

Pudo ver que el fuego en la sala de estar estaba encendido.

Gewöhnlich las der Vater um diese Zeit die Zeitung.

Generalmente a esta hora el padre leía el periódico.

Er las seiner Mutter immer mit erhobener Stimme vor.

Él siempre solía leerle a la madre en voz alta.

Manchmal lauschte auch die Schwester dem Vater.

A veces la hermana también escuchaba al padre.

Sie hatte Gregor immer von diesem Vorlesen erzählt.

Ella siempre le había contado a Gregor sobre esta lectura en voz alta.

Doch heute war aus dem Zimmer kein Laut zu hören.

Pero hoy no se oía ningún sonido en la habitación.

Vielleicht war diese Gewohnheit bereits in Vergessenheit geraten.

Quizás este hábito ya había caído en desuso.

Eine tiefe Stille hatte sich über die gesamte Wohnung gelegt.

Un profundo silencio se había apoderado de todo el apartamento.

Obwohl er wusste, dass die Wohnung ganz sicher nicht leer war.

Aunque sabía que el apartamento ciertamente no estaba vacío.

„Was für ein ruhiges Leben die Familie doch führte", dachte Gregor.

«¡Qué vida tan tranquila lleva la familia!», pensó Gregor.

Und er blickte mit großem Stolz in die Dunkelheit.

Y miró hacia la oscuridad con gran orgullo.

Er war stolz auf das Leben, das er ihnen hatte ermöglichen können.

Estaba orgulloso de la vida que había podido darles.

Er war stolz auf die schöne Wohnung, in der sie lebten.

Estaba orgulloso del hermoso apartamento en el que vivían.

Doch sollte dieser Frieden nun ein schreckliches Ende nehmen?

¿Pero toda esta paz estaba a punto de tener un final terrible?

Würde man ihnen ihren Wohlstand nehmen?

¿Les iban a quitar su prosperidad?

War ihre Zufriedenheit nun in Zukunft ungewiss?

¿Su satisfacción ahora era incierta en el futuro?

Doch er wollte sich nicht in solchen Gedanken verlieren.

Pero él no quería perderse en tales pensamientos.

Um sich die Zeit zu vertreiben, kroch er die Wände rauf und runter.

Para mantenerse ocupado se arrastraba arriba y abajo por las paredes.

Im Laufe des langen Abends wurde eine Tür einen Spalt breit geöffnet.

Durante la larga velada una puerta estaba entreabierta.

Und zu einem anderen Zeitpunkt öffnete sich die andere Tür einen Spaltbreit.

Y en otro momento la otra puerta se abrió un poquito.

Doch beide Male wurden die Türen schnell wieder geschlossen.

Pero en ambas ocasiones las puertas se cerraron rápidamente de nuevo.

Offenbar hatte jemand draußen den Wunsch, hereinzukommen.

Estaba claro que alguien de fuera tenía el deseo de entrar.

Aber sie hatten auch zu viele Bedenken, hereinzukommen.

Pero también tenían demasiadas preocupaciones acerca de venir.

Gregor blieb nun direkt vor der Wohnzimmertür stehen.

Gregor ahora se detuvo directamente en la puerta de la sala de estar.

Er war fest entschlossen, den zögernden Besucher irgendwie zu verführen.

Estaba decidido a tentar de algún modo al indeciso visitante.

Und er wollte auch wissen, wer der Besucher gewesen war.

Y también quería saber quién había sido el visitante.

Doch an diesem Abend wurde die Tür kein drittes Mal geöffnet.

Pero aquella noche la puerta no se abrió una tercera vez.

Und Gregor verbrachte seine Zeit vergeblich damit, an der Tür zu warten.

Y Gregorio esperaba en vano junto a la puerta.

Früher am Tag wollten sie alle in den Raum kommen.

Más temprano ese día todos querían entrar a la habitación.

Jetzt, da die Türen unverschlossen waren, würde es ihnen leichter fallen.

Ahora que las puertas estaban desbloqueadas sería más fácil para ellos.

Aber sie entschieden sich dafür, auf der anderen Seite des Raumes zu bleiben.

Pero ellos prefirieron quedarse al otro lado de la habitación.

Gregor bemerkte, dass die Schlüssel nicht mehr in ihren Schlössern steckten.

Gregor se dio cuenta de que las llaves ya no estaban en sus cerraduras.

Jemand muss die Schlüssel zum Außenschloss umgesteckt haben.

Alguien debe haber movido las llaves a la cerradura exterior.

Erst spät in der Nacht wurde das Licht im Wohnzimmer ausgeschaltet.

Sólo tarde por la noche se apagó la luz de la sala de estar.

Die Familie muss die ganze Zeit wach geblieben sein.

La familia debe haber permanecido despierta todo el tiempo.

Und Gregor konnte deutlich hören, wie sie sich auf Zehenspitzen davonschlichen.

Y Gregor podía oírlos claramente alejándose de puntillas.

Nun würde bis zum Morgen niemand zu Gregor kommen.

Ahora nadie vendría a ver a Gregor hasta la mañana.

So hatte er lange Zeit für sich, um ungestört nachzudenken.

Así que tuvo mucho tiempo para sí mismo, para pensar sin interrupciones.

Wie könnte man sein Leben jetzt am besten neu ordnen?

¿Cuál sería la mejor manera de reorganizar su vida ahora?

Doch die hohen Wände des leeren Zimmers ängstigten ihn.

Pero las altas paredes de la habitación vacía lo asustaban.

Ihm blieb keine andere Wahl, als sich flach auf den Boden zu legen.

No le quedó más remedio que tumbarse en el suelo.

Und er fand in diesem Raum niemals die Ursache seiner Angst.

Y nunca encontró la causa de su miedo en ese espacio.

Es war dasselbe Zimmer, in dem er seit fünf Jahren lebte.

Era la misma habitación en la que había vivido durante cinco años.

Halb bewusst machte er eine Bewegung in Richtung Sofa.

Medio inconscientemente hizo un movimiento hacia el sofá.

Und ohne jede Scham versteckte er sich unter dem Sofa.

Y sin ninguna vergüenza se escondió debajo del sofá.

Dort unten fühlte er sich sofort wieder sehr wohl.

Allí abajo se sintió inmediatamente de nuevo muy a gusto.

Obwohl sein Rücken etwas gequetscht war.

A pesar de que tenía la espalda un poco presionada.

Auch unter dem Sofa konnte er seinen Kopf nicht mehr heben.

Ya no podía levantar la cabeza debajo del sofá.

Aber selbst das zog er einem Aufenthalt im Freien vor.

Pero incluso esto lo prefería a estar en cualquier espacio abierto.

Er bedauerte jedoch, dass sein Körper so breit war.

Sin embargo, lamentó que su cuerpo fuera tan ancho.

Das Sofa konnte seinen ganzen Körper nicht vollständig bedecken.

El sofá no podía cubrir completamente todo su cuerpo.

Er blieb die ganze Nacht unter dem Sofa.

Se quedó debajo del sofá toda la noche.

Die Nacht verbrachte er halb schlafend, geplagt von seinem Hunger.

La noche la pasó medio dormido, perturbado por el hambre.

Und die Zeit, die er wach war, verbrachte er entweder in Sorgen oder in Hoffnung.

Y el tiempo que estaba despierto lo pasaba preocupado o esperanzado.

Doch all seine vagen Hoffnungen führten zu demselben Schluss.

Pero todas sus vagas esperanzas llevaron a la misma conclusión.

Ihm blieb nichts anderes übrig, als vorerst zu schweigen.

No tuvo más remedio que permanecer en silencio por el momento.

Er musste der Familie gegenüber Geduld und Rücksichtnahme zeigen.

Tuvo que mostrar paciencia y consideración hacia la familia.

Es war die einzige Möglichkeit, die Unannehmlichkeiten erträglich zu machen.

Era la única manera de hacer soportable el inconveniente.

Die Unannehmlichkeiten, die er nun der Familie auferlegte.

Los inconvenientes que ahora estaba causando a la familia.

Er musste nicht lange warten, um sein Mitgefühl unter Beweis zu stellen.

No tuvo que esperar mucho para demostrar su compasión.

Früh am Morgen schaute die Schwester in sein Zimmer.

Temprano por la mañana la hermana miró dentro de su habitación.

Obwohl es eigentlich genauso viel Nacht wie Morgen war.

Aunque en realidad era tan de noche como de mañana.

Sie war vollständig angezogen und schien aufgeregt zu sein.

Ella estaba completamente vestida y parecía mostrar entusiasmo.

Die Tragfähigkeit seiner neu getroffenen Entscheidung könnte sich bewähren.

La fuerza de su nueva decisión podría ser puesta a prueba.

Sie entdeckte ihn nicht sofort auf Anhieb.

Ella no lo encontró inmediatamente con su primera mirada.

Er musste irgendwo sein; weggeflogen konnte er nicht sein.

Tenía que estar en algún lugar, no podía haber volado.

Doch dann schweifte ihr Blick ein zweites Mal durch den Raum.

Pero entonces sus ojos hicieron un segundo recorrido por la habitación.

Und dieses Mal entdeckte sie seinen Oberkörper unter dem Sofa.

Y esta vez vio su torso debajo del sofá.

Sie war so verängstigt, dass sie jegliche Selbstbeherrschung verlor.

Estaba tan asustada que perdió todo el control de sí misma.

Und ihre erste Reaktion war, die Tür wieder zuzuschlagen.

Y su primera reacción fue cerrar la puerta de golpe.

Doch sie schien ihr Verhalten auch sofort zu bereuen.

Pero también pareció arrepentirse inmediatamente de su comportamiento.

Kaum hatte sie die Tür zugeschlagen, öffnete sie sie auch schon wieder.

Tan pronto como cerró la puerta de golpe, la abrió de nuevo.

Und diesmal schlich sie sich leise auf Zehenspitzen in den Raum.

Y esta vez entró de puntillas en la habitación con cuidado.

Sie bewegte sich, als ob sie eine schwerkranke Person besuchen würde.

Se movía como si estuviera visitando a una persona gravemente enferma.

Oder sie könnte einen völlig Fremden besucht haben.

O tal vez estaba visitando a un completo desconocido.

Gregor drückte seinen Kopf fast bis an den Rand des Sofas.

Gregor empujó su cabeza casi hasta el borde del sofá.

Und von unterhalb des Tresors beobachtete er sie im Zimmer.

Y desde debajo de la caja fuerte la observaba en la habitación.

Würde sie bemerken, dass er die Milch stehen gelassen hatte?

¿Se daría cuenta de que había dejado la leche?

Er hatte die Milch nicht etwa aus Mangel an Hunger stehen gelassen.

No había dejado la leche por falta de hambre.

Wollte sie ihm stattdessen anderes Essen bringen?

¿En lugar de eso le traería comida diferente?

Vielleicht ein Gericht, das seinen Vorlieben besser entsprach.

Quizás un plato que se ajustara mejor a sus preferencias.

Aber sie hätte seinen Appetit selbst bemerken müssen.

Pero ella misma habría tenido que notar su apetito.

Er wäre lieber verhungert, als sie davon erfahren zu lassen.

Preferiría morir de hambre antes que hacerle saber eso.

Eigentlich hätte er es ihr sehr gerne gesagt.

En realidad le habría gustado mucho decírselo.

Er war wirklich versucht, unter dem Sofa hervorzuschießen.

Estuvo realmente tentado de disparar desde debajo del sofá.

Er wollte sich seiner Schwester zu Füßen werfen.

Quería arrojarse a los pies de su hermana.

Und er wollte sie um etwas Leckeres zu essen bitten.

Y quiso pedirle algo bueno para comer.

Doch dann blickte die Schwester zu der Schüssel mit Milch.

Pero entonces la hermana miró hacia el cuenco de leche.

Sie bemerkte sofort, dass die Schüssel noch voll war.

Inmediatamente se dio cuenta de que el cuenco todavía estaba lleno.

Sie war ziemlich überrascht, dass Gregor nichts gegessen hatte.

Le sorprendió bastante que Gregor no hubiera comido nada.

Nur ein wenig Milch war auf den Boden verschüttet worden.

Sólo se había derramado un poco de leche en el suelo.

Sie nahm sofort die Schüssel und trug sie hinaus.

Inmediatamente cogió el cuenco y lo sacó.

Er sah, dass sie die Schüssel nicht mit bloßen Händen aufgehoben hatte.

Él vio que ella no recogió el cuenco con sus propias manos.

Stattdessen hob sie die Schüssel mit einem der Lappen hoch.

En lugar de eso, recogió el cuenco con uno de los trapos.

Gregor vergaß dieses kleine Detail jedoch sehr schnell.

Pero Gregor se olvidó muy rápidamente de este pequeño detalle.

Er war nun von etwas ganz anderem viel begeisterter.

Ahora estaba mucho más entusiasmado por otra cosa.

Was könnte sie als Ersatz für die Milch mitbringen?

¿Qué podría traer como reemplazo de la leche?

Er hatte verschiedene Vermutungen darüber, was sie wohl mitbringen könnte.

Tenía varios pensamientos sobre lo que ella podría traer.

Doch die Güte seiner Schwester übertraf seine Erwartungen.

Pero la bondad de su hermana superó sus expectativas.

Ihr wurde klar, dass sie herausfinden musste, was seine neuen Vorlieben waren.

Se dio cuenta de que tenía que probar cuáles eran sus nuevos gustos.

Deshalb brachte sie eine ganze Auswahl an verschiedenen Speisen mit.

Así que trajo toda una selección de alimentos diferentes.

Halbverfaultes Gemüse, Knochen vom Abendessen.

Verduras medio podridas, huesos de la cena.

Die eingedickte Soße von der anderen Mahlzeit, die sie gegessen hatten.

Salsa solidificada de la otra comida que habían comido.

Ein paar Rosinen, einige Mandeln, trockenes Brot, Butterbrot.

Unas pasas, unas almendras, pan seco, pan con mantequilla.

Etwas Brot, das mit Butter bestrichen und gesalzen war.

Un poco de pan untado con mantequilla y también con sal.

Käse, den Gregor vor zwei Tagen noch für ungenießbar erklärt hatte.

Queso que Gregor había declarado incomestible hacía dos días.

Die gesamte Auswahl an Speisen wurde auf einer Zeitung ausgelegt.

Toda esta selección de comida fue colocada en un periódico.

Und sie stellte auch eine Schüssel mit Wasser neben seine Mahlzeiten.

Y también colocó un recipiente con agua al lado de sus comidas.

Sie wusste, dass Gregor nicht vor ihr gegessen hätte.

Ella sabía que Gregor no habría comido delante de ella.

Aus Respekt vor ihm verließ sie deshalb wieder den Raum.

Entonces, por respeto hacia él, salió nuevamente de la habitación.

Und sie hat beim Weggehen sogar den Schlüssel im Schloss umgedreht.

Y hasta giró la llave en la cerradura al salir.

Aber sie drehte den Schlüssel ganz leise und vorsichtig um.

Pero ella giró la llave muy silenciosamente y con mucho cuidado.

Auf diese Weise würde nur Gregor wissen, dass die Tür verschlossen war.

De esta manera sólo Gregor sabría que la puerta estaba cerrada.

Nun konnte er es sich so bequem machen, wie er wollte.

Ahora podía ponerse tan cómodo como quisiera.

Gregors Beine surrten, als es Zeit zum Essen war.

Las piernas de Gregor zumbaban cuando llegó la hora de comer.

Bemerkenswert ist, dass er keinerlei Beschwerden mehr verspürte.

Lo que vale la pena destacar es que ya no sentía ninguna molestia.

Seine Wunden müssen bereits vollständig verheilt sein.

Sus heridas deben haber sanado ya por completo.

Weil er seine früheren Behinderungen nicht mehr spürte.

Porque ya no sentía sus discapacidades anteriores.

Seine neue Fähigkeit zu heilen überraschte und verblüffte ihn.

Su nueva capacidad de curar lo sorprendió y lo asombró.

Vor mehr als einem Monat schnitt er sich mit einem Messer in den Finger.

Hace más de un mes se cortó el dedo con un cuchillo.

Bis vor zwei Tagen schmerzte ihn diese Wunde noch.

Hasta hace dos días esa herida todavía le dolía.

„Bin ich jetzt viel weniger empfindlich?", dachte er bei sich.

"¿Soy mucho menos sensible ahora?" pensó para sí mismo.

Inzwischen lutschte er gierig an dem Käse.

Para entonces ya estaba chupando con avidez el queso.

Er fühlte sich vom Käse mehr angezogen als von den anderen Speisen.

Se sintió atraído por el queso más que por el resto de la comida.

Er aß schnell ein Stück Käse nach dem anderen.

Comió rápidamente un trozo de queso tras otro.

Beim Genuss des Geschmacks traten ihm vor Zufriedenheit die Tränen in die Augen.

Sus ojos se llenaron de lágrimas de satisfacción al probarlo.

Nach dem Käse aß er das Gemüse und die Soße.

Después del queso comió las verduras y la salsa.

Das frische Essen schmeckte ihm jedoch nicht.

Sin embargo, la comida fresca no le sabía bien.

Tatsächlich konnte er nicht einmal den Geruch von frischen Lebensmitteln ertragen.

De hecho, ni siquiera podía soportar el olor de la comida fresca.

Er hat sogar die anderen Lebensmittel von den frischen Lebensmitteln weggezerrt.

Incluso arrastró el resto de la comida lejos de la comida fresca.

Und im Nu hatte er auch noch das Essbare aufgegessen.

Y muy rápidamente terminó la comida más comestible.

Das ganze leckere Essen hatte eine schläfrig machende Wirkung auf ihn.

Toda aquella deliciosa comida tuvo sobre él un efecto soporífero.

Und er lag träge an der Stelle, wo er gegessen hatte.

Y él permaneció acostado perezosamente en el lugar donde había comido.

Schließlich kam seine Schwester zurück, um noch einmal nach ihm zu sehen.

Finalmente su hermana regresó para ver cómo estaba nuevamente.

Sie hatte die Weitsicht, den Schlüssel ganz langsam umzudrehen.

Tuvo la previsión de girar la llave muy lentamente.

Dies war für Gregor ein Warnsignal, sich zurückzuziehen.

Esto le dio a Gregor una advertencia de que debía retirarse.

Benommen und erschrocken huschte er zurück unter das Sofa.

Aturdido y sobresaltado, se apresuró a volver debajo del sofá.

Doch diesmal war es nicht so einfach, unter dem Sofa zu bleiben.

Pero quedarse debajo del sofá no fue tan fácil esta vez.

Sein Körper war durch das viele Essen etwas runder geworden.

Su cuerpo se había vuelto un poco redondeado por tanta comida.

Und er musste sich beherrschen, nicht wieder auszulaufen.

Y tuvo que controlarse para no quedarse sin nada otra vez.

Auch wenn die Schwester nicht lange im Zimmer blieb.

Aunque la hermana no permaneció mucho tiempo en la habitación.

In dem engen Raum rang er nach Luft.

Le costaba respirar en ese estrecho espacio.

Doch er überwand die kurzen Anfälle von Atemnot.

Pero él siguió adelante a pesar de los pequeños ataques de asfixia.

Mit aufgerissenen Augen beobachtete er die Aktivitäten der Schwester.

Con ojos desorbitados observaba las actividades de la hermana.

Die ahnungslose Schwester schüttete alles in einen Eimer.

La hermana desprevenida vertió todo en un balde.

Sie entsorgte nicht nur das Essen, das Gregor nicht gegessen hatte.

Ella no sólo se deshizo de la comida que Gregor no había comido.

Aber sie entsorgte auch das Essen, das er nicht angerührt hatte.

Pero también se deshizo de la comida que él no había tocado.

Offenbar war dieses Essen nun für niemanden mehr genießbar.

Al parecer esa comida ya no era comestible para nadie.

Anschließend verschloss sie den Futtereimer mit einem Holzdeckel.

Luego cerró el cubo de comida con una tapa de madera.

Und mit dem Essen, dem Eimer und dem Wischmopp ging sie.

Y con la comida, el balde y el trapeador, se fue.

Gregor hätte nicht mehr lange warten können.

Gregor no habría podido esperar mucho más tiempo.

Sobald sie weg war, entkam er unter dem Sofa hervor.

Tan pronto como ella se fue, él se escapó de debajo del sofá.

Und er streckte sich aus und atmete erleichtert auf.

Y se estiró y resopló aliviado.

So erhielt Gregor von nun an regelmäßig seine Nahrung.

Así recibía Gregorio comida de vez en cuando.

Seine Schwester gab ihm einmal früh am Morgen etwas zu essen.

Su hermana le dio de comer una vez temprano en la mañana.

Zu dieser Stunde schliefen die Eltern und das Dienstmädchen noch.

A esta hora los padres y la criada todavía dormían.

Und er erhielt eine zweite Mahlzeit, nachdem alle anderen bereits zu Mittag gegessen hatten.

Y recibió una segunda comida después de que todos almorzaron.

Denn zu dieser Zeit schliefen die Eltern auch eine Weile.

Porque en ese momento los padres también durmieron un rato.

Und das Dienstmädchen wurde von der Schwester mit einer Besorgung weggeschickt.

Y la doncella fue enviada por su hermana a hacer algún recado.

Sie hatten ganz sicher nicht die Absicht, Gregor verhungern zu lassen.

Ciertamente no tenían intención de dejar morir de hambre a Gregor.

Aber sie hätten ihm auch nicht beim Essen zusehen wollen.

Pero tampoco hubieran querido verlo comer.

Die Angaben der Schwester reichten als Information aus.
Lo que mencionó la hermana fue suficiente información.
Vielleicht war es ihre Art, den Eltern den Kummer zu ersparen.
Quizás era su manera de ahorrarles dolor a los padres.
Sie hatten unter seinen Taten schon genug gelitten.
Ya habían sufrido bastante por sus acciones.

Der erste Tag verblasste langsam zu einer fernen Erinnerung.
El primer día se iba convirtiendo poco a poco en un recuerdo lejano.
Gregor hatte keine Möglichkeit zu erfahren, was an diesem Tag geschah.
Gregor no tenía forma de saber lo que pasó ese día.
Wie wurde der Schlüsseldienstmitarbeiter aus der Wohnung geleitet?
¿Cómo fue guiado el cerrajero fuera del apartamento?
Mit welchen Ausreden war der Arzt schließlich zufrieden?
¿Con qué excusas quedó finalmente satisfecho el médico?
Er hatte keinen Weg gefunden, sich verständlich zu machen.
No había encontrado ningún modo de hacerse entender.
Es gelang ihm nicht einmal, mit seiner Schwester zu kommunizieren.
Ni siquiera logró comunicarse con su hermana.
Und so dachten sie, er könne sie nicht verstehen.
Y entonces pensaron que no podía entenderlos.
Und deshalb wurde auch kein Versuch unternommen, mit ihm zu sprechen.
Y por eso no se hizo ningún esfuerzo para hablar con él.
Seine Schwester kam jeden Morgen und jeden Mittag in sein Zimmer.
Su hermana entraba en su habitación todas las mañanas y a la hora del almuerzo.
Doch er musste sich damit begnügen, ihre Seufzer zu hören.
Pero él tuvo que contentarse con escuchar sus suspiros.

Später gewöhnte sie sich dann doch etwas mehr an Gregors Gestalt.

Más tarde se acostumbró un poco más a la forma de Gregor.

Und sie fühlte sich etwas freier, weitere Bemerkungen zu machen.

Y se sintió un poco más libre para hacer más comentarios.

(Obwohl sie sich nie ganz an ihn gewöhnen würde.)

(Aunque nunca se acostumbraría del todo a él.)

Und dann fühlte sich Gregor wieder etwas mehr angesprochen.

Y entonces Gregor se sintió nuevamente hablado un poco más.

Und er nahm wahr, was er als freundliche Kommentare empfand.

Y captó lo que percibió como comentarios amistosos.

„Ihm hat das Essen heute geschmeckt" oder „Er hat alles aufgegessen".

"Disfrutó su comida hoy" o "comió todo".

Das war aber erst der Fall, nachdem er sein gesamtes Essen aufgegessen hatte.

Pero eso fue sólo cuando hubo comido toda su comida.

Doch in letzter Zeit kam dies immer seltener vor.

Pero últimamente esto se está volviendo cada vez menos frecuente.

„Er hat sein Essen kaum angerührt", sagte sie jetzt immer öfter.

"Apenas tocaba la comida", decía ella con más frecuencia ahora.

Und jedes Mal schwang ein Hauch von Traurigkeit in ihrer Stimme mit.

Y había un toque de tristeza en su voz cada vez.

Gregor konnte keine anderen Nachrichten direkter empfangen.

Gregor no pudo escuchar ninguna otra noticia más directamente.

Aber er hörte viele Neuigkeiten aus den angrenzenden Zimmern mit.

Pero escuchó muchas noticias de las habitaciones contiguas.

Als er Stimmen hörte, rannte er zur entsprechenden Tür.
Al oír voces corrió hacia la puerta correspondiente.
Und er presste seinen ganzen Körper gegen die Tür, um zu hören.
Y apretó todo su cuerpo contra la puerta para escuchar.
Alle Gespräche drehten sich in irgendeiner Weise um ihn.
Todas las conversaciones le concernían de una manera u otra.
Selbst wenn es scheinbar um etwas ganz anderes ging.
Incluso cuando el tema parecía ser sobre otra cosa.
Diese Beobachtung traf insbesondere in der Anfangszeit zu.
Esta observación fue especialmente cierta en los primeros tiempos.
Bei jeder Mahlzeit wiederholten sie die gleiche Diskussion.
Durante cada comida repetían la misma discusión.
Sie waren sich noch immer unsicher, wie sie sich ihm gegenüber verhalten sollten.
Todavía no estaban seguros de cómo comportarse a su alrededor.
Das gleiche Thema wurde aber auch zwischen den Mahlzeiten besprochen.
Pero el mismo tema también se discutió entre comidas.
Weil immer zwei Familienmitglieder zu Hause waren.
Porque siempre había dos miembros de la familia en casa.
Niemand wollte allein im Haus bleiben.
Nadie quería quedarse solo en la casa.
Aber die Wohnung leer stehen zu lassen, kam auch nicht in Frage.
Pero dejar el piso vacío tampoco era una opción.
Das Dienstmädchen war die Einzige, die nicht an die Wohnung gebunden war.
La criada era la única que no estaba atada al apartamento.
Sie hatte bereits am ersten Tag darum gebeten, gehen zu dürfen.
Ella ya había pedido irse el primer día.
Sie kniete nieder und flehte darum, entlassen zu werden.
Ella se puso de rodillas y pidió que la despidieran.

Die Familie wusste nicht, wie viel das Dienstmädchen
tatsächlich wusste.

La familia no sabía cuánto sabía realmente la criada.

Zu diesem Zeitpunkt hatte sie nicht mehr gesehen als alle
anderen.

En ese momento ella no había visto más que nadie.

Was geschehen war, blieb der Familie weiterhin ein Rätsel.

Lo sucedido todavía era un misterio para la familia.

Doch eine Viertelstunde später verabschiedete sie sich.

Pero un cuarto de hora después se despidió.

Und sie dankte der Familie mit Tränen in den Augen.

Y agradeció a la familia con lágrimas en los ojos.

Aber eigentlich dankte sie ihnen dafür, dass sie sie
freigelassen hatten.

Pero en realidad les agradeció por haberla liberado.

Sie schienen ihr größte Freundlichkeit entgegengebracht zu
haben.

Parecían haberle mostrado la mayor bondad.

Sie leistete sogar einen Eid, ohne dazu aufgefordert worden
zu sein.

Incluso hizo un juramento sin que se lo pidieran.

Sie sagte, sie würde niemandem erzählen, was passiert war.

Dijo que no le contaría a nadie lo que había sucedido.

Nun musste die Schwester zusammen mit ihrer Mutter
kochen.

Ahora la hermana tenía que cocinar junto con su madre.

Das war aber keine allzu große Unannehmlichkeit.

Pero esto realmente no era un gran inconveniente.

Weil die beiden sowieso fast nichts aßen.

Porque de todas formas los dos no comían casi nada.

Immer und immer wieder hörte Gregor dasselbe Gespräch
mit.

Gregor escuchó una y otra vez la misma conversación.

Einer der beiden sagte dem anderen, er müsse mehr essen.

Una persona le decía a otra que tenía que comer más.

Diese Person erhielt jedoch keine Antwort von der
betreffenden Person.

Pero esa persona no recibió ninguna respuesta de la persona.

„Danke, ich habe genug", oder etwas Ähnliches.

"Gracias, tengo suficiente", o algo similar.

Vielleicht tranken sie auch gar nichts mehr.

Quizás ya no bebían nada tampoco.

Die Schwester fragte ihren Vater oft, ob er Bier wolle.

La hermana a menudo le preguntaba a su padre si quería cerveza.

Und sie bot freundlicherweise an, das Bier selbst zu holen.

Y ella misma se ofreció calurosamente a ir a buscar la cerveza.

Der Vater schwieg auf ihre Bitte hin stets.

El padre siempre permanecía en silencio ante su petición.

Die Schwester musste also einen Weg finden, jeden Zweifel auszuräumen.

Así que la hermana tuvo que encontrar una manera de eliminar cualquier duda.

Und sie sagte, sie würde das Dienstmädchen losschicken, um Bier zu holen.

Y ella dijo que enviaría a la criada a buscar algo de cerveza.

Doch dann sagte der Vater schließlich ein lautes, deutliches „Nein".

Pero entonces el padre finalmente dijo un gran y rotundo "no".

Das Thema, dass er ein Bier trank, wurde danach nicht mehr erwähnt.

Luego ya no se volvió a mencionar el tema de tomar una cerveza.

Er hatte die finanzielle Situation bereits zuvor erläutert.

Ya había explicado anteriormente la situación financiera.

Tatsächlich sprach er schon am ersten Tag über Finanzen.

De hecho, mencionó las finanzas el primer día.

Er machte ihnen die Aussichten deutlich.

Les hizo saber perfectamente cuáles eran las perspectivas.

Sein eigenes Unternehmen war vor etwa fünf Jahren zusammengebrochen.

Su propio negocio se había derrumbado hacía unos cinco años.

Hin und wieder stand er auf, um den Tisch zu verlassen.

De vez en cuando se levantaba para abandonar la mesa.

Und er ging zur Kasse seines alten Geschäfts.

Y se dirigió a la caja registradora de su antiguo negocio.

Aus Sentimentalität hatte er die Kasse aufgehoben.

Había salvado la caja registradora por sentimentalismo.

Gregor hörte, wie er ein schweres und kompliziertes Schloss öffnete.

Gregor lo oyó abrir una cerradura pesada y complicada.

Und er holte Quittungen und Bücher aus der Kasse.

Y sacó recibos y libros de la caja.

Nachdem er die Gegenstände an sich genommen hatte, schloss er die Geldkassette wieder ab.

Después de tomar los objetos volvió a cerrar la caja fuerte.

Gregor hatte seit seiner Gefangennahme keine guten Nachrichten mehr erhalten.

Gregor no había tenido buenas noticias desde su encarcelamiento.

Er glaubte, das Geschäft habe seinen Vater in den Ruin getrieben.

Pensó que el negocio había llevado a la quiebra a su padre.

Dieser Eindruck war Gregor vom Vater sicherlich vermittelt worden.

El padre seguramente le había dado esa impresión a Gregor.

Und Gregor fragte ihn nie wieder nach den Finanzen.

Y Gregor nunca le preguntó más sobre las finanzas.

Gregor wollte alles tun, was er konnte, um der Familie zu helfen.

Gregor quería hacer todo lo posible para ayudar a la familia.

Er wollte ihnen helfen, das geschäftliche Unglück zu vergessen.

Quería ayudarlos a olvidar la desgracia empresarial.

Der Bankrott, der zur völligen Hoffnungslosigkeit führte.

La quiebra que provocó la desesperanza más completa.

So begann er mit einer ganz besonderen Leidenschaft zu arbeiten.

Así que empezó a trabajar con una pasión muy especial.

Er war quasi über Nacht zum Handelsreisenden geworden.

Se había convertido en un vendedor ambulante casi de la
noche a la mañana.
**Davor hatte er lediglich als schlecht bezahlter Angestellter
gearbeitet.**
Antes de eso, sólo había trabajado como empleado con un
salario bajo.
Nun boten sich ihm völlig andere Verdienstmöglichkeiten.
Ahora tenía oportunidades de ingresos completamente
diferentes.
**Erfolgreiche Verkäufe konnten sofort in Bargeld
umgewandelt werden.**
Las ventas exitosas podrían convertirse inmediatamente en
efectivo.
Das Geld wird natürlich aus seinen Provisionen ausgezahlt.
El dinero en efectivo, por supuesto, se paga con sus
comisiones.
Nun konnte Gregor Geld auf den Familientisch bringen.
Ahora Gregor podía poner dinero en la mesa familiar.
Und sie waren erstaunt und erfreut über seinen Verdienst.
Y estaban asombrados y contentos con sus ganancias.
Aber diese schönen Zeiten werden sich nicht wiederholen.
Pero esos tiempos hermosos no se repetirán nuevamente.
Sie hatten sich gerade erst an diese schönen Zeiten gewöhnt.
Apenas se habían acostumbrado a esos buenos tiempos.
Jeden Zahltag nahm die Familie das Geld dankbar entgegen.
Cada día de pago la familia aceptaba el dinero con gratitud.
**Und Gregor war ebenso gern bereit, das Geld
herauszugeben.**
Y Gregor estaba igualmente feliz de entregar el dinero.
**Doch die im Gegenzug entgegengebrachte herzliche
Zuneigung erlosch allmählich.**
Pero el cálido afecto que recibía a cambio fue muriendo
lentamente.
Nur seine Schwester stand Gregor noch so nahe wie zuvor.
Sólo su hermana permaneció tan cerca de Gregor como antes.
**Im Gegensatz zu Gregor hatte sie eine tiefe Wertschätzung
für Musik.**

Ella, a diferencia de Gregor, tenía un profundo aprecio por la música.

Und sie konnte sehr berührend Geige spielen.

Y ella sabía tocar el violín de una manera muy conmovedora.

Gregor plante insgeheim, sie auf eine Musikschule zu schicken.

Gregor planeó en secreto enviarla a la escuela de música.

Er hatte noch nicht entschieden, wie er die Kosten decken würde.

Aún no había decidido cómo pagaría los gastos.

Aber irgendwie würde er die Kosten decken.

Pero de una forma u otra cubriría los costos.

Gelegentlich unternahmen Gregor und seine Familie Kurztrips.

De vez en cuando Gregor y su familia hacían pequeños viajes.

Gregor und seine Schwester sprachen oft über dieses Thema.

Gregor y su hermana abordaron este tema con frecuencia.

Es wurde aber immer nur als eine wunderbare Idee erwähnt.

Pero sólo se mencionó como una idea maravillosa.

Sie glaubten nicht wirklich, dass der Traum in Erfüllung gehen könnte.

Realmente no creían que el sueño pudiera realizarse.

Und den Eltern gefielen solche fantasievollen Ambitionen nicht.

Y a los padres no les gustaban esas ambiciones fantasiosas.

Selbst wenn das Thema ganz harmlos angesprochen wurde.

Incluso cuando el tema se planteó de manera muy inocente.

Gregor dachte aber weiterhin an die Musikschule.

Pero Gregor seguía pensando en la escuela de música.

Und er hatte vor, das Geschenk am Heiligabend anzukündigen.

Y tenía pensado anunciar el regalo en Nochebuena.

In seinem jetzigen Zustand wäre das natürlich unmöglich.

Por supuesto, en su estado actual sería imposible.

Doch solche Gedanken gingen ihm durch den Kopf.

Pero ese tipo de pensamientos pasaban por su cabeza.

Und solche Gedanken kamen ihm, während er der Familie zuhörte.

Y tenía estos pensamientos mientras escuchaba a la familia.

Manchmal war er zu müde, um ihnen weiter zuzuhören.

A veces se cansaba demasiado para seguir escuchándolos.

Vor Erschöpfung sank sein Kopf gegen die Tür.

Su cabeza cayó contra la puerta por el cansancio.

Doch er legte sofort wieder seinen Kopf gegen die Tür.

Pero inmediatamente volvió a apoyar la cabeza contra la puerta.

Denn selbst das leiseste Geräusch war draußen zu hören.

Porque incluso el ruido más leve se podía oír afuera.

Und jedes Geräusch, das er machte, brachte die Familie zum Schweigen.

Y cualquier ruido que hacía hacía que la familia se quedara en silencio.

„Was macht er denn jetzt?", fragte der Vater die Familie.

"¿Qué está haciendo ahora?" preguntó el padre a la familia.

Und er ging zur Tür, um nachzusehen, was das Geräusch verursachte.

Y fue a la puerta para comprobar qué era aquel ruido.

Und dann wurde das unterbrochene Gespräch allmählich wieder aufgenommen.

Y luego la conversación interrumpida se reanudó gradualmente.

Was der Vater aber sagte, überraschte alle auf positive Weise.

Pero lo que dijo el padre sorprendió positivamente a todos.

Gregor erfuhr nun den wahren Stand der Finanzen.

Gregor ahora conoció la verdadera situación de las finanzas.

Trotz all des Unglücks gab es auch etwas Glück.

A pesar de todas las desgracias, hubo algo de buena suerte.

Ein kleines Vermögen aus alten Zeiten war noch vorhanden.

Aún quedaba allí una muy pequeña fortuna de los viejos tiempos.

Der Vater erklärte die Dinge, musste sich aber wiederholen.

El padre explicó las cosas, pero tuvo que repetirlas.

Weil er sich eine Weile nicht mehr mit diesen Dingen befasst hatte.

Porque hacía tiempo que no se ocupaba de estas cosas.

Und weil die Mutter solche Dinge nicht verstand.

Y porque la madre no entendía tales cosas.

Die Zinssätze der Bank waren etwas gestiegen.

Los tipos de interés del banco habían subido un poco.

Das unberührte Geld hatte sich stärker erhöht als erwartet.

El dinero intacto había aumentado más de lo esperado.

Darüber hinaus hatte Gregor ihnen immer seine Ersparnisse gegeben.

Además Gregor siempre les había dado sus ahorros.

Er hatte nur wenige Gulden für sich behalten.

Sólo había conservado unos pocos florines para sí.

Und sein Geld war auch noch nicht vollständig aufgebraucht.

Y su dinero aún no se había agotado por completo.

Zusammen hatte sich dieses Geld zu einem kleinen Kapital angesammelt.

En conjunto, este dinero se había acumulado hasta formar un pequeño capital.

Gregor nickte hinter seiner Tür eifrig zu der Nachricht.

Gregor, detrás de su puerta, asintió con entusiasmo ante la noticia.

Er war erfreut über diese unerwartete Vorsicht und Sparsamkeit.

Le agradó esta inesperada cautela y frugalidad.

Die überschüssigen Mittel hätten zur Tilgung der Schulden verwendet werden können.

Los fondos sobrantes podrían haberse utilizado para pagar la deuda.

Dann hätten sie dem Chef nichts mehr geschuldet.

Entonces ya no le deberían nada al patrón.

Und Gregor hätte schon viel früher eine neue Stelle annehmen können.

Y Gregor podría haber cambiado de trabajo mucho antes.

Aber so, wie der Vater es arrangiert hatte, war es jetzt viel besser.

Pero ahora la manera como el padre lo dispuso estaba mucho mejor.

Das Geld reichte nicht ganz zum Leben von den Zinsen.

El dinero no era suficiente para vivir de los intereses.

Und ein Teil des Geldes musste für Notfälle zurückgelegt werden.

Y había que reservar algo de dinero para emergencias.

Das Geld hätte nur für ein oder zwei Jahre gereicht.

Sólo habría sido suficiente dinero para uno o dos años.

Das bedeutete, dass jemand Geld verdienen musste, damit sie leben konnten.

Esto significaba que alguien tenía que ganar dinero para que pudieran vivir.

Der Vater war nicht krank und er war stark genug.

El padre no estaba enfermo y era bastante fuerte.

Doch er war seit mehr als fünf Jahren arbeitslos.

Pero llevaba más de cinco años sin trabajo.

Und aufgrund seines Alters hatte er kaum noch Selbstvertrauen.

Y, debido a su edad, le quedaba poca confianza en sí mismo.

Er hatte in letzter Zeit auch deutlich an Gewicht zugenommen.

También había engordado mucho en los últimos tiempos.

Sein Leben war stets mühsam und erfolglos gewesen.

Su vida siempre había sido ardua y sin éxito.

Und dies war der erste Urlaub, den er je verbracht hatte.

Y éstas habían sido las primeras vacaciones que había tenido.

Und da er nicht beschäftigt war, war er ziemlich ungeschickt geworden.

Y sin estar ocupado se había vuelto bastante torpe.

Wäre es besser, wenn die alte Mutter das Geld verdienen würde?

¿Sería mejor si la anciana madre ganara el dinero?

Die alte Mutter, die an Asthma litt.

La anciana madre que sufría de asma.

Die alte Mutter, die Mühe hatte, die Treppe hinaufzugehen.

La anciana madre que luchaba por subir las escaleras.

Die alte Mutter, die ihre Zeit damit verbrachte, auf dem Sofa zu liegen.

La anciana madre que pasaba el tiempo tumbada en el sofá.

Die alte Mutter, die es vorzog, am Fenster zu sitzen.

La anciana madre que prefería quedarse junto a la ventana.

Damit sie bei Bedarf durchatmen konnte.

Para poder recuperar el aliento cuando lo necesitara.

Wäre es besser, wenn die jüngere Schwester das Geld verdienen würde?

¿Sería mejor si la hermana joven ganara el dinero?

Die Schwester, die mit siebzehn Jahren noch ein Kind war.

La hermana, que a sus diecisiete años era todavía apenas una niña.

Die Schwester, die nur wenige, bescheidene Freuden hatte.

La hermana que sólo tuvo unos pocos placeres modestos.

Die Schwester, die am liebsten Geige spielte.

La hermana a quien le gustaba principalmente tocar el violín.

Sie wusste, dass ihr bisheriger Lebensstil sehr beneidenswert war;

Ella sabía que su anterior forma de vida era muy envidiable;

Sich schick anziehen, ausschlafen, im Haushalt helfen.

Vestirse bien, levantarse tarde, ayudar en la casa.

Das Gespräch drehte sich oft um die Notwendigkeit, Geld zu verdienen.

La conversación a menudo giraba en torno a la necesidad de ganar dinero.

Gregor war immer der Erste, der die Tür losließ.

Gregor siempre era el primero en soltar la puerta.

Das Gespräch erfüllte ihn mit Scham und Trauer.

La conversación lo puso caliente de vergüenza y dolor.

Also warf er sich auf das kühle Ledersofa.

Entonces se dejó caer en el refrescante sofá de cuero.

Und den Rest der Nacht verbrachte er oft auf dem Sofa.

Y a menudo pasaba el resto de la noche en el sofá.

Er hat nie wirklich auf dem Sofa geschlafen, auch nicht nachts.

Nunca durmió realmente en el sofá, ni tampoco por la noche.

Oft kratzte er stundenlang an dem Leder.

A menudo, simplemente se quedaba rascando el cuero durante horas y horas.

Manchmal schob er den Sessel ans Fenster.

Otras veces empujaba el sillón hacia la ventana.

Allein dies erforderte von seiner Seite einen erheblichen Aufwand.

Esto solo requirió un gran esfuerzo de su parte.

Der Sessel half ihm, auf die Fensterbank zu klettern.

El sillón le ayudó a subirse al alféizar de la ventana.

Und von dort aus konnte er sich ans Fenster lehnen.

Y desde allí pudo apoyarse en la ventana.

Er empfand dabei stets ein großes Gefühl der Freiheit.

Solía sentir una gran sensación de libertad al hacer esto.

Vielleicht suchte er nach einem alten, befreienden Gefühl.

Quizás estaba buscando algún viejo sentimiento liberador.

Doch seine Sehkraft war nicht mehr so scharf wie früher.

Pero su visión no era tan nítida como solía ser.

Dinge in geringer Entfernung waren verschwommen und undeutlich.

Las cosas a cierta distancia se veían borrosas e indistintas.

Er konnte das Krankenhaus auf der anderen Straßenseite nicht mehr sehen.

Ya no podía ver el hospital al otro lado de la calle.

Vorher hatte er den Anblick verflucht, jetzt wollte er ihn sehen.

Antes había maldecido la vista, ahora quería verla.

Er wusste, dass er in der ruhigen, städtischen Charlottenstraße wohnte.

Sabía que vivía en la tranquila y urbana Charlottenstrasse.

Aber vielleicht dachte er, er blicke in die Wüste.

Pero podría haber pensado que estaba mirando el desierto.

Eine Ödnis, wo grauer Himmel und graue Erde verschmolzen.

Un páramo donde el cielo gris y la tierra gris se fusionaban.
Zweimal bemerkte die aufmerksame Schwester, dass der Stuhl verschoben worden war.
La atenta hermana notó dos veces que la silla se había movido.
Nachdem sie aufgeräumt hatte, schob sie den Stuhl zurück ans Fenster.
Después de ordenar, empujó la silla hacia la ventana.
Und von nun an ließ sie sogar den Fensterflügel offen.
Y a partir de ahora incluso dejó la ventana abierta.
Gregor wünschte sich sehr, er hätte mit seiner Schwester sprechen können.
Gregor realmente hubiera deseado poder hablar con su hermana.
Er wollte ihr für alles danken, was sie für ihn getan hatte.
Quería agradecerle por todo lo que hizo por él.
Dann hätte er ihre Dienste leichter toleriert.
Entonces habría tolerado más fácilmente sus servicios.
Doch so wie die Dinge standen, litt er darunter, dass sie ihm half.
Pero tal como estaban las cosas, él sufrió por su ayuda.
Die Schwester versuchte natürlich, die Peinlichkeit zu überspielen.
La hermana, por supuesto, intentó disimular la vergüenza.
Und sie tat ihr Bestes, so zu tun, als ob sie sich nicht belastet fühlte.
Y ella hizo todo lo posible para fingir que no se sentía agobiada.
Natürlich musste sie das erst einmal üben.
Por supuesto, esto es algo que tenía que practicar primero.
Und je mehr Zeit verging, desto besser wurde sie darin.
Y cuanto más tiempo pasaba, mejor lo hacía.
Gregor erhielt jedoch auch mehr Zeit, um ihr Täuschungsmanöver zu durchschauen.
Pero a Gregor también se le dio más tiempo para ver su pretensión.
Schon das Betreten seines Zimmers durch sie war für ihn eine Tortur.

Incluso su entrada a su habitación fue una prueba para él.

Kaum war sie eingetreten, rannte sie direkt zum Fenster.

Tan pronto como entró, corrió directamente a la ventana.

Sie nahm sich nicht einmal die Zeit, die Tür zu schließen.

Ni siquiera se tomó el tiempo de cerrar la puerta.

Normalerweise ersparte sie allen den Anblick von Gregors Zimmer.

Normalmente ella evitaba que todos vieran la habitación de Gregor.

Und mit hastigen Händen riss sie das Fenster auf.

Y abrió la ventana de golpe con manos apresuradas.

Dann atmete sie wieder, als ob sie erstickt wäre.

Luego volvió a respirar como si se estuviera asfixiando.

Die einströmende Luft war kalt, und sie atmete tief durch.

El aire que entraba era frío y ella respiraba profundamente.

Dennoch blieb sie noch eine Weile am Fenster stehen.

Pero aún así se quedó junto a la ventana por un rato.

Mit dieser Routine ängstigte sie Gregor zweimal täglich.

Con esta rutina asustaba a Gregor dos veces al día.

Während sie im Zimmer war, zitterte er unter dem Sofa.

Mientras ella estaba en la habitación él temblaba debajo del sofá.

Er wusste, dass sie ihm diese Tortur gern erspart hätte.

Él sabía que a ella le habría gustado ahorrarle esa terrible experiencia.

Aber sie konnte nicht in dem Zimmer sein, wenn das Fenster geschlossen war.

Pero ella no podía estar en la habitación con la ventana cerrada.

Einmal kam sie etwas früher.

Hubo una ocasión en que ella llegó un poco antes.

Vermutlich etwa einen Monat nach Gregors Verwandlung.

Probablemente alrededor de un mes después de la transformación de Gregor.

Sie hatte sich ein wenig an sein neues Aussehen gewöhnt.

Ella se había acostumbrado un poco a su nueva apariencia.

Sie hatte also keinen Grund mehr, besonders schockiert zu
sein.

Así que ya no tenía por qué estar particularmente
sorprendida.

Sie fand ihn immer noch regungslos aus dem Fenster
starrend vor.

Ella lo encontró todavía mirando por la ventana, inmóvil.

Er befand sich am schrecklichsten Ort, an dem er hätte sein
können.

Estaba en el lugar más horrible en el que podría haber estado.

Er wäre nicht überrascht gewesen, wenn sie nicht
hereingekommen wäre.

No le habría sorprendido si ella no hubiera entrado.

Er hinderte sie daran, das Fenster zu öffnen.

Donde le impidió abrir la ventana.

Sie verließ schnell wieder das Zimmer und schloss die Tür.

Ella salió rápidamente de la habitación y cerró la puerta.

Ein Fremder hätte zu allen möglichen Schlussfolgerungen
gelangen können.

Un extraño podría haber llegado a todo tipo de conclusiones.

Vielleicht wartete er nur auf die Gelegenheit, sie zu beißen.

Quizás sólo estaba esperando la oportunidad de morderla.

Gregor versteckte sich natürlich sofort unter dem Sofa.

Gregor, por supuesto, se escondió inmediatamente debajo del
sofá.

Doch er musste bis Mittag warten, bis seine Schwester
zurückkehrte.

Pero tuvo que esperar hasta el mediodía para que su hermana
regresara.

Und sie wirkte viel unruhiger als sonst.

Y ella parecía mucho más inquieta que de costumbre.

Ihm wurde klar, dass der Anblick von ihm immer noch
unerträglich war.

Se dio cuenta de que verlo todavía era insoportable.

Der Anblick von ihm würde für sie weiterhin unerträglich
bleiben.

Verlo seguiría siendo insoportable para ella.

Sie konnte es wahrscheinlich nicht ertragen, auch nur einen Teil von ihm zu sehen.

Probablemente no podría soportar ver ninguna parte de él.

Ein kleines Teil ragte immer unter dem Sofa hervor.

Siempre sobresalía una pequeña parte de debajo del sofá.

Eines Tages trug er ein Bettlaken auf dem Rücken zum Sofa.

Un día llevó una sábana sobre su espalda hasta el sofá.

Er wollte verhindern, dass sie irgendetwas von ihm sah.

Quería evitar que ella viera cualquier parte de él.

Er richtete das Bettlaken so aus, dass er vollständig verdeckt war.

Él dispuso la sábana de tal manera que todo él quedara oculto.

Selbst wenn sie sich bückte, könnte sie ihn nicht sehen.

Incluso si se agachara no podría verlo.

Für Gregor dauerte die gesamte Arbeit mehr als drei Stunden.

Todo el esfuerzo le llevó a Gregor más de tres horas.

Möglicherweise hielt sie das Bettlaken für überflüssig.

Quizás pensó que la sábana era innecesaria.

Sie hätte gewusst, dass er das Bettlaken nicht wollte.

Ella habría sabido que él no quería la sábana.

Er tat es zu ihrem Wohlbefinden und nicht für sich selbst.

Lo hacía para su comodidad, no para la suya propia.

Und sie hätte das Bettlaken abnehmen können, wenn sie gewollt hätte.

Y podría haber quitado la sábana si hubiera querido.

Aber sie ließ das Bettlaken dort, wo Gregor es hingelegt hatte.

Pero dejó la sábana donde Gregor la había puesto.

Und Gregor glaubte sogar, einen dankbaren Blick erhascht zu haben.

Y Gregor incluso creyó haber captado una mirada de agradecimiento.

Er hatte das Bettlaken vorsichtig mit dem Kopf angehoben.

Había levantado suavemente la sábana con la cabeza.

Er wollte herausfinden, ob seiner Schwester die Vereinbarung gefiel.

Quería ver si a su hermana le gustaba el arreglo.

Die ersten zwei Wochen waren für die Eltern am schwierigsten.

Las dos primeras semanas fueron las más difíciles para los padres.

Sie brachten es nicht übers Herz, hereinzukommen und ihn zu sehen.

No pudieron animarse a entrar y verlo.

Er belauschte in dieser Zeit viele ihrer Gespräche.

Escuchó muchas de sus conversaciones en ese momento.

Sie nahmen alles, was die Schwester tat, voll und ganz zur Kenntnis.

Reconocieron plenamente todo lo que hacía la hermana.

Auch wenn sie früher oft verärgert über sie waren.

Aunque solían estar molestos con ella a menudo.

Weil sie ein ziemlich nutzloses Mädchen gewesen zu sein schien.

Porque ella parecía ser una chica un tanto inútil.

Nun warteten sie auf der anderen Seite des Raumes.

Ahora eran ellos quienes esperaban al otro lado de la habitación.

Und sie war es, die den Raum betrat, um alles zu erledigen.

Y fue ella quien entró en la habitación a hacer todo.

Sobald sie herauskam, wollten sie alles wissen.

Tan pronto como salió quisieron saberlo todo.

Sie musste ihnen genau beschreiben, wie das Zimmer aussah.

Tenía que decirles exactamente cómo era la habitación.

„Was hat Gregor gegessen? Wie hat er sich diesmal verhalten?"

¿Qué comió Gregor? ¿Cómo se comportó esta vez?

„War vielleicht eine leichte Verbesserung zu bemerken?"

"¿Quizás se notó una ligera mejoría?"

Die Mutter war übrigens tatsächlich mutiger.

La madre, por cierto, fue en realidad más valiente.

Und natürlich war es ihr eigener Sohn im Zimmer.

Y por supuesto, era su propio hijo el que estaba dentro de la habitación.

Sie wollte Gregor eigentlich schon bald besuchen.

En realidad quería visitar a Gregor relativamente pronto.

Doch der Vater und die Schwester hielten sie zunächst zurück.

Pero al principio el padre y la hermana la frenaron.

Sie brachten sehr rationale Argumente dafür vor, dass sie nicht gehen sollte.

Le dieron argumentos muy racionales para que no fuera.

Gregor hörte ihren Argumenten sehr aufmerksam zu.

Gregor escuchó con mucha atención sus razonamientos.

Und er akzeptierte die Argumentation genauso wie seine Mutter.

Y él aceptó el razonamiento tanto como su madre.

Später musste sie jedoch mit Gewalt zurückgehalten werden.

Pero más tarde hubo que retenerla por la fuerza.

"Lasst mich zu Gregor hinein, er ist mein unglücklicher Sohn!"

"¡Déjame entrar con Gregor, es mi desdichado hijo!"

"Verstehst du denn nicht, dass ich ihn aufsuchen muss?"

-¿No entiendes que tengo que ir a verlo?

Gregor ließ sich ebenfalls von den Argumenten seiner Mutter überzeugen.

Gregor también se dejó convencer por los argumentos de su madre.

Vielleicht hatte sie recht; es wäre gut, wenn sie hereinkäme.

Quizás tenía razón: sería bueno que entrara.

Ihn jeden Tag zu besuchen, wäre viel zu viel.

Venir a verlo todos los días sería demasiado.

Aber ihn vielleicht einmal pro Woche zu sehen, könnte genügen.

Pero verlo una vez a la semana podría ser suficiente.

Sie versteht die Dinge vielleicht viel besser als die Schwester.

Ella podría entender las cosas mucho mejor que la hermana.

Trotz all ihres Mutes war sie doch nur ein Kind.

A pesar de todo su coraje, ella todavía era sólo una niña.

Vielleicht war es kindliche Unbekümmertheit, die sie dazu veranlasste, diese Aufgabe anzunehmen.

Quizás la imprudencia infantil la impulsó a aceptar esa tarea.

Doch Gregors Wunsch, seine Mutter wiederzusehen, ging bald in Erfüllung.

Pero el deseo de Gregor de ver a su madre pronto se hizo realidad.

Tagsüber hielt sich Gregor vom Fenster fern.

Durante el día Gregor se mantenía alejado de la ventana.

Dies tat er aus Rücksicht auf seine Eltern.

Lo hizo por consideración a sus padres.

Er hatte nicht viel Platz, um auf dem Boden herumzukriechen.

No tenía mucho espacio para arrastrarse por el suelo.

Es fiel ihm schwer, nachts still zu liegen.

Le resultaba difícil permanecer quieto durante la noche.

Das Essen bereitete ihm nicht einmal mehr die geringste Freude.

Comer ya no le producía el más mínimo placer.

Natürlich musste er sich irgendwie ablenken.

Por supuesto que tenía que encontrar alguna manera de distraerse.

Um sich die Zeit zu vertreiben, kletterte er die Wände rauf und runter.

Para entretenerse se arrastraba por las paredes.

Und er kroch auch kopfüber an der Decke entlang.

Y también se arrastró por el techo, boca abajo.

Besonders glücklich war er, als er von der Decke hing.

Estaba especialmente feliz cuando colgaba del techo.

Es war etwas völlig anderes, als auf dem Boden zu liegen.

Fue completamente diferente a estar tendido en el suelo.

In dieser Position fiel ihm das Atmen deutlich leichter.

Le resultó mucho más fácil respirar en esta posición.

Ein leichtes, aber angenehmes Kribbeln durchfuhr seinen Körper.

Una ligera pero agradable vibración recorrió su cuerpo.

Manchmal gab er sich seinem Glück sogar zu sehr hin.

A veces incluso se relajaba demasiado en su felicidad.

Manchmal ließ er sich ablenken und ließ die Decke los.

A veces se distraía y se soltaba del techo.

Und zu seiner eigenen Überraschung landete er wieder auf dem Boden.

Y para su propia sorpresa, aterrizó de nuevo en el suelo.

Aber er hatte seinen Körper deutlich besser unter Kontrolle als zuvor.

Pero tenía mucho mejor control de su cuerpo que antes.

So verletzte er sich nun nicht mehr bei so heftigen Stürzen.

Para que ahora no se haga daño con caídas tan fuertes.

Die Schwester bemerkte sofort Gregors neue Freude.

La hermana notó inmediatamente el nuevo placer de Gregor.

Und dort, wo er gekrochen war, waren Klebstoffreste zu sehen.

Y había restos de adhesivo donde se había arrastrado.

Auch hier dachte die Schwester an Gregors Wohlbefinden.

Aquí nuevamente la hermana pensó en el bienestar de Gregor.

Vielleicht würde er mehr Platz zum Herumkriechen begrüßen.

Quizás apreciaría más espacio para gatear.

Und der Gedanke hatte sich fest in ihrem Kopf verankert.

Y la idea se instaló firmemente en su cabeza.

Einige der großen Möbelstücke behinderten seine Bewegungsfreiheit.

Algunos de los muebles de gran tamaño impedían su libre movimiento.

Da er nicht mehr arbeitete, brauchte er den Schreibtisch nicht mehr.

Ya no trabajaba así que no necesitaba el escritorio.

Und die Schachtel nahm auch mehr Platz ein als nötig. ***

Y la caja ocupaba más espacio del necesario. ***

Die Schwester war nicht in der Lage, diese Dinge allein zu bewegen.

La hermana no era capaz de mover estas cosas sola.

Natürlich wagte sie es nicht, den Vater um Hilfe zu bitten.
Por supuesto que no se atrevió a pedirle ayuda al padre.
Das Dienstmädchen hätte ihr sicherlich auch nicht geholfen.
La criada seguramente tampoco la habría ayudado.
Das neue Dienstmädchen war tatsächlich ein Jahr jünger als sie.
La nueva criada era de hecho un año más joven que ella.
Sie hatte mutig die Rolle der ehemaligen Magd übernommen.
Ella había asumido valientemente el papel de ex sirvienta.
Doch ein Privileg wollte sie unbedingt haben.
Pero había un privilegio que ella insistía en tener.
Sie wollte die Küche stets verschlossen halten.
Ella quería mantener la cocina cerrada en todo momento.
Daher blieb der Schwester nichts anderes übrig, als ihre Mutter zu fragen.
Así que la hermana no tuvo más remedio que preguntarle a su madre.
Unter Freudenschreien kam die Mutter herbei, um zu helfen.
Con gritos de emocionada alegría la madre acudió a ayudar.
Doch an der Tür zu Gregors Zimmer verstummte sie.
Pero ella se quedó en silencio en la puerta de la habitación de Gregor.
Die Schwester überprüfte, ob im Zimmer alles in Ordnung war.
La hermana comprobó que todo en la habitación estuviera bien.
Gregor hatte das Bettlaken hastig noch straffer gezogen.
Gregor había tirado apresuradamente la sábana aún más fuerte.
Obwohl das Bettlaken immer noch willkürlich angeordnet aussah.
Aunque la sábana todavía parecía colocada al azar.
Erst dann ließ sie ihre Mutter ins Zimmer.
Y sólo entonces dejó que su madre entrara en la habitación.

Gregor verzichtete auch darauf, unter dem Laken hervorzuspähen.

Gregor también se abstuvo de espiar desde debajo de la sábana.

Er beschloss, diesmal auf einen Besuch bei seiner Mutter zu verzichten.

Decidió no volver a ver a su madre esta vez.

Gregor war schon froh genug, dass sie überhaupt gekommen war.

Gregor estaba muy contento de que ella hubiera entrado.

„Komm herein, du kannst ihn nicht sehen", sagte die Schwester.

"Pasa, no puedes verlo", dijo la hermana.

Gregor nahm an, dass sie ihre Mutter an der Hand führte.

Gregor supuso que ella llevaba a su madre de la mano.

Dann hörte er, wie die beiden schwachen Frauen die Möbel verrückten.

Entonces escuchó a las dos mujeres débiles moviendo los muebles.

Die Schwester schien den größten Teil der Arbeit für sich zu beanspruchen.

La hermana parecía reclamar la mayor parte del trabajo para ella misma.

Ihre Mutter befürchtete, sie würde sich überanstrengen.

Su madre temía que se esforzara demasiado.

Doch die Schwester schenkte diesen Warnungen keine Beachtung.

Pero la hermana no hizo caso a estas advertencias.

Doch auch nach fünfzehn Minuten ging es nur sehr langsam voran.

Pero incluso después de quince minutos el progreso era muy lento.

Es war ihnen nicht gelungen, die Möbel weit zu bewegen.

No habían conseguido mover los muebles muy lejos.

Langsam beschlich sie ein Gefühl der Niederlage.

Poco a poco empezaron a sentir una sensación de derrota.

Die Mutter war die Erste, die die Sinnlosigkeit eingestand.

La madre fue la primera en admitir la inutilidad.

"Vielleicht wäre es besser, die Schachtel hier zu lassen."

"Quizás sería mejor dejar la caja aquí."

„Die Kiste ist zu schwer, als dass wir sie noch viel weiter bewegen könnten."

"La caja es demasiado pesada para que podamos moverla mucho más lejos".

„Und wir werden nicht fertig sein, bevor dein Vater eintrifft."

"Y no terminaremos antes de que llegue tu padre."

„Wenn wir die Kiste hier lassen würden, würde das seinen Weg nur noch mehr versperren."

Dejar la caja aquí le bloquearía aún más el camino.

Und können wir sicher sein, dass wir ihm damit einen Gefallen tun?

"¿Y podemos estar seguros de que le estamos haciendo un favor?"

Sie begannen zu glauben, dass das Gegenteil durchaus der Fall sein könnte.

Comenzaron a pensar que bien podría ser cierto lo opuesto.

Der Anblick der leeren Wand lastete schwer auf ihrem Herzen.

La visión de la pared vacía pesó mucho en su corazón.

Was spricht dagegen, dass Gregor das auch so empfinden würde?

¿Quién diría que Gregor no se sentiría así también?

„Er hat sich bereits an die Möbel in seinem Zimmer gewöhnt."

"Ya está acostumbrado a los muebles de su habitación."

„In einem leeren Zimmer könnte er sich noch verlassener fühlen."

"Podría sentirse aún más abandonado en una habitación vacía".

Ihre Stimme war inzwischen fast zu einem Flüstern gesunken.

Para entonces su voz se había reducido casi a un susurro.

Sie wusste tatsächlich nicht, wo sich Gregor genau aufhielt.

En realidad no sabía el paradero exacto de Gregor.

Sie wollte nicht einmal, dass er ihre Stimme hörte.

Ella no quería ni siquiera que él escuchara el sonido de su voz.

Obwohl sie sich sicher war, dass er sie nicht verstand.

Aunque ella estaba segura de que él no la entendía.

„Würde es nicht so aussehen, als hätten wir ihn völlig aufgegeben?"

"¿No parecería como si lo hubiéramos abandonado por completo?"

"Wird er nicht das Gefühl haben, dass wir ihn mit der Situation allein lassen?"

"¿No sentirá que lo estamos dejando solo?"

„Wir sollten den Raum genau so verlassen, wie er war."

"Deberíamos dejar la habitación exactamente como estaba".

„Irgendwann wird Gregor zu uns zurückkehren, so wie er war."

"Al final Gregor volverá con nosotros como antes."

„Dann wird er feststellen, dass alles noch an seinem Platz ist."

"Entonces encontrará que todo sigue en su lugar."

„Und er wird die Übergangszeit viel leichter vergessen."

"Y olvidará mucho más fácilmente el período interino".

Als Gregor diese Worte hörte, begriff er etwas.

Cuando Gregor escuchó estas palabras se dio cuenta de algo.

Sein Verstand war in den letzten zwei Monaten verwirrt worden.

Su mente se había vuelto confusa durante los últimos dos meses.

Der Mangel an menschlicher Interaktion hatte ihm nicht gutgetan.

La falta de interacción humana no había sido buena para él.

Er brauchte das eintönige Leben im Kreise seiner Familie wirklich.

Realmente necesitaba la vida monótona en medio de su familia.

Warum sonst hätte er eine solch unsinnige Forderung gestellt?

¿Por qué si no habría hecho una exigencia tan absurda?

Welchen Sinn sollte es denn haben, sein Zimmer zu räumen?

¿Qué sentido tenía vaciar su habitación?

Das gemütliche Zimmer war mit geerbten Möbeln eingerichtet.

La cómoda habitación amueblada con muebles heredados.

Warum sollte er diese bekannte Wärme in eine Höhle verwandeln wollen?

¿Por qué querría convertir ese calor conocido en una cueva?

Eine Höhle, in der er ungestört in alle Richtungen kriechen konnte.

Una cueva donde poder arrastrarse en todas direcciones en paz.

Doch in einer Höhle vergaß er rasch seine menschliche Vergangenheit.

Pero una cueva en la que olvidó rápidamente su pasado humano.

Er fragte sich, ob er schon kurz davor war, alles zu vergessen.

Tuvo que preguntarse si ya estaba cerca de olvidar.

Die Stimme seiner Mutter hatte ihn aufgerüttelt und seine Erinnerung wachgerufen.

La voz de su madre lo había sacudido y lo había hecho recordar.

Die Stimme, die er so lange nicht gehört hatte.

La voz que no había oído durante tanto tiempo.

Nichts durfte entfernt werden; alles musste bleiben.

No había que quitar nada, todo tenía que quedar.

Die Möbel wirkten sich positiv auf seinen Zustand aus.

Los muebles influyeron positivamente en su condición.

Und ohne diesen Anker zur Vergangenheit konnte er nicht zurechtkommen.

Y no podría vivir sin este ancla en el pasado.

Die Möbel hinderten ihn daran, sinnlos herumzukriechen.

Los muebles impedían que se arrastrara sin sentido.

Das war aber kein Verlust, sondern vielmehr ein großer Vorteil.

Pero eso no fue una pérdida, sino más bien una gran ventaja.

Leider hatte die Schwester eine ganz andere Meinung.

Lamentablemente la hermana tenía una opinión muy diferente.

Sie war gewissermaßen zu einer Sprecherin Gregors geworden.

Ella se había convertido en una especie de portavoz de Gregor.

Natürlich war ihre Meinung nicht völlig unberechtigt.

Por supuesto que su opinión no era del todo injustificada.

Doch der Meinung ihrer Mutter musste hier widersprochen werden.

Pero aquí la opinión de su madre tuvo que ser contradicha.

Es war nicht nur die Kiste, die nun entfernt werden musste.

Ahora no era solo la caja la que había que retirar.

Sein Schreibtisch und der Kleiderschrank konnten ebenfalls nicht bleiben.

Ni su escritorio ni el armario podían permanecer allí.

Das Einzige, was unverzichtbar war, war das Sofa.

Lo único imprescindible era el sofá.

Sie hat diese Entscheidung nicht aus kindischem Trotz getroffen.

Ella no decidió esto sólo por desafío infantil.

Es lag auch nicht an ihrem erst kürzlich gewonnenen Selbstvertrauen.

Tampoco fue su recientemente adquirida confianza en sí misma.

Das neue Selbstvertrauen, das sie hatte, trieb sie an, so hart für den Sieg zu arbeiten.

La nueva confianza que tuvo que trabajar muy duro para ganar.

Auch wenn niemand erwartet hatte, dass sie dazu in der Lage sein würde.

Aunque nadie esperaba que ella pudiera hacerlo.

Gregor brauchte tatsächlich viel Platz zum Kriechen.

Gregor realmente necesitaba mucho espacio para gatear.

Die Möbel schränkten den ihm zur Verfügung stehenden Raum zusätzlich ein.

Los muebles sólo limitaban el espacio del que disponía.

Sie konnte diese Dinge besser sehen als die Mutter.

Ella podía ver estas cosas mejor que la madre.

Aber vielleicht spielte auch ihre romantische Ader eine Rolle.

Pero quizá su espíritu romántico también jugó un papel.

Mädchen in diesem Alter entwickeln oft eine gewisse Begeisterung.

Las niñas de esa edad suelen desarrollar cierto entusiasmo.

Und sie verspüren das Bedürfnis, ihren Willen durchzusetzen, wann immer es ihnen möglich ist.

Y sienten la necesidad de salirse con la suya siempre que pueden.

Vielleicht wollte sie ihn deshalb heimlich sabotieren.

Quizás por eso quería sabotearlo en secreto.

Noch furchterregender ist er, wenn er an den Wänden entlangkriecht.

Es aún más aterrador cuando se arrastra por las paredes.

Die Eltern trauten sich nicht mehr, das Zimmer zu betreten.

Los padres ya no se atrevían a entrar en la habitación.

Sie wäre tatsächlich die alleinige Betreuerin ihres Bruders.

Ella realmente sería la única cuidadora de su hermano.

Sie ließ sich von ihrer Mutter nicht umstimmen.

Ella no dejó que su madre la persuadiera de lo contrario.

Gregors Mutter fühlte sich in dem Zimmer bereits unwohl.

La madre de Gregor ya se sentía incómoda en la habitación.

Sie hörte bald auf zu sprechen und half ihrer Tochter erneut.

Pronto dejó de hablar y ayudó nuevamente a su hija.

Mit ihren letzten Kräften entfernten sie den Kleiderschrank.

Con las fuerzas que les quedaban retiraron el armario.

Auf die Kommode konnte er verzichten.

La cómoda era algo de lo que podía prescindir.

Der Schreibtisch musste aber vorerst dort bleiben.

Pero el escritorio tendría que quedarse allí por el momento.

**Während die Frauen weg waren, versuchte er, sich einen
Überblick über den Raum zu verschaffen.**
Mientras las mujeres estaban ausentes, trató de evaluar la
habitación.
Und Gregor streckte seinen Kopf unter dem Sofa hervor.
Y Gregor asomó la cabeza por debajo del sofá.
Er musste sehen, was er in dieser Situation tun konnte.
Tenía que ver qué podía hacer con la situación.
Aber er war so vorsichtig und rücksichtsvoll wie möglich.
Pero fue lo más cuidadoso y considerado posible.
Leider war es die Mutter, die zuerst zurückkehrte.
Desgraciadamente fue la madre quien regresó primero.
**Grete war noch dabei, den Kleiderschrank im Nebenzimmer
umzustellen.**
Grete todavía estaba moviendo el armario en la habitación de
al lado.
Die Mutter war den Anblick Gregors jedoch nicht gewohnt.
Pero la madre no estaba acostumbrada a ver a Gregor.
**Schon ein flüchtiger Blick auf ihn hätte sie krank machen
können.**
Incluso un simple vistazo a él podría haberla enfermado.
Gregor eilte rückwärts zum anderen Ende des Sofas.
Gregor se apresuró a retroceder hasta el otro extremo del sofá.
**Aber er konnte sich nicht zurücklehnen und das Bettlaken
ausbalancieren.**
Pero no podía retroceder y equilibrar la sábana.
**Die Bewegung reichte aus, um die Aufmerksamkeit der
Mutter zu erregen.**
El movimiento fue suficiente para llamar la atención de la
madre.
Sie hielt inne und verharrte einen kurzen Moment ganz still.
Ella hizo una pausa y se quedó muy quieta por un breve
momento.
Dann drehte sie sich um und verließ das Zimmer wieder.
Luego se dio la vuelta y salió de la habitación.
**Gregor redete sich immer wieder ein, dass nichts
Ungewöhnliches passiert sei.**

Gregor seguía diciéndose a sí mismo que no había ocurrido nada inusual.

„Es handelt sich lediglich um ein paar Möbelstücke, die weggebracht wurden."

"Son sólo algunos muebles que se han llevado".

Doch schon bald musste er zugeben, dass ihn die Ereignisse mitgenommen hatten.

Pero pronto tuvo que admitir que los acontecimientos le afectaron.

Die Frauen hatten alles, was sie taten, auch gesagt.

Las mujeres habían estado diciendo todo lo que estaban haciendo.

Sie waren im Zimmer auf und ab gegangen.

Habían estado caminando de un lado a otro por la habitación.

Das Kratzen aller Möbelstücke auf dem Boden.

El rayado de todos los muebles en el suelo.

Er hatte das Gefühl, von allen Seiten angegriffen zu werden.

Se sentía como si lo atacaran desde todos lados.

Er zog Kopf und Beine so fest wie möglich an.

Apretó la cabeza y las piernas lo más fuerte que pudo.

Mit aller Kraft presste er seinen Körper zu Boden.

Con todas sus fuerzas presionó su cuerpo contra el suelo.

Er wusste, dass er das alles nicht mehr lange aushalten konnte.

Sabía que no podría soportar todo esto por mucho más tiempo.

Sie räumten sein Zimmer aus und nahmen alles mit, was ihm lieb und teuer war.

Vaciaron su habitación y se llevaron todo lo que amaba.

Sie hatten bereits die Kiste mit all seinen Werkzeugen mitgenommen.

Ya se habían llevado la caja que contenía todas sus herramientas.

Nun lockerten sie seinen schweren Schreibtisch vom Boden.

Ahora estaban aflojando su pesado escritorio del suelo.

Der Schreibtisch, an dem er nach seiner Rückkehr von der Arbeit gearbeitet hatte.

El escritorio en el que había trabajado después de regresar del trabajo.

Der Schreibtisch, an dem er seine Geschäftsaufgaben erledigt hatte.

El escritorio en el que había escrito sus tareas comerciales.

Der Schreibtisch, an dem er in der Sekundarschule seine Hausaufgaben gemacht hatte.

El escritorio en el que había hecho sus deberes en la escuela secundaria.

Ja, diesen Schreibtisch hatte er schon in der Grundschule.

Sí, ya había tenido este pupitre en la escuela primaria.

Er hatte wirklich keine Zeit, sich von ihren guten Absichten zu überzeugen.

Realmente no tuvo tiempo de confirmar sus buenas intenciones.

Obwohl er beinahe vergessen hatte, dass sie überhaupt da waren.

Aunque ya casi había olvidado que estaban allí.

Weil sie vor Erschöpfung still arbeiteten.

Porque trabajaban en silencio, por el cansancio.

Sie waren zu müde, um ihre Bewegungen jetzt noch bekannt zu geben.

Estaban demasiado cansados para anunciar sus movimientos ahora.

Alles, was er hörte, waren ihre schweren Schritte auf dem Boden.

Lo único que oyó fueron sus pesados pasos en el suelo.

Genau in diesem Moment lehnten sie an der Kiste.

Justo en ese momento estaban apoyados sobre la caja.

Und da kam Gregor unter dem Sofa hervor.

Y entonces Gregor salió de debajo del sofá.

Er änderte viermal seine Laufrichtung.

Cambió la dirección en la que corría cuatro veces.

Er konnte sich nicht entscheiden, welcher Gegenstand zuerst gerettet werden musste.

No podía decidir qué elemento debía salvarse primero.

Plötzlich richtete sich sein Blick auf die leere Wand.

De repente su atención se dirigió a la pared vacía.
Alles, was sie ihm hinterlassen hatten, war das Bild der Dame im Pelzmantel.
Lo único que le quedó fue la fotografía de la dama con pieles.
Er kroch zu dem Bild und drückte seinen Körper an sie.
Se arrastró hasta la imagen para presionar su cuerpo contra el de ella.
Und sein Körper verdeckte vollständig das Bild.
Y su cuerpo cubrió completamente la vista de la imagen.
Das Glas stützte ihn und kühlte seinen heißen Bauch.
El vaso lo sostuvo y reconfortó su vientre caliente.
Dieses Foto konnte ihm nicht mehr abgenommen werden.
Esta fotografía ya no se la pudieron quitar.
Dann wandte er den Kopf zur Wohnzimmertür.
Luego giró la cabeza hacia la puerta de la sala de estar.
Er wollte zusehen, wie die Frauen ins Zimmer zurückkehrten.
Iba a observar mientras las mujeres regresaban a la habitación.
Und sie ruhten sich nicht lange aus, bevor sie wieder zurückkehrten.
Y no descansaron mucho antes de regresar nuevamente.
Grete hatte den Arm um ihre Mutter gelegt, um ihr beim Gehen zu helfen.
El brazo de Grete rodeaba a su madre para ayudarla a caminar.
„Was sollen wir denn jetzt nehmen?", fragte Grete und blickte sich um.
"¿Qué nos llevamos ahora?" dijo Grete y miró a su alrededor.
Genau in diesem Moment trafen sich ihre Blicke mit Gregors.
Justo en ese momento su mirada se encontró con los ojos de Gregor.
Trotz des Schocks behielt sie die Fassung.
A pesar del shock, mantuvo la presencia de ánimo.
Vermutlich nur wegen der Anwesenheit ihrer Mutter.
Probablemente sólo por la presencia de su madre.

Sie neigte ihr Gesicht zu ihrer Mutter und verdeckte ihr die Sicht.

Ella inclinó su rostro hacia su madre, cubriéndole la vista.

Und dann sagte sie, zitternd und gedankenlos:

Y entonces dijo, aunque temblorosa y desconsiderada:

"Kommt schon, sollten wir nicht zurück ins Wohnzimmer gehen?"

-Vamos, ¿no deberíamos volver a la sala de estar?

Gregor konnte die Absichten der Schwester leicht verstehen.

Gregor podía comprender fácilmente las intenciones de la hermana.

Ihre oberste Priorität war es, ihre Mutter in Sicherheit zu bringen.

Su primera prioridad fue poner a su madre a salvo.

Aber dann wollte sie ihn von der Mauer herunterjagen.

Pero luego ella iba a perseguirlo desde la pared.

„Nun, sie kann es ja versuchen!", dachte Gregor bei sich.

«¡Pues claro que puede intentarlo!», pensó Gregor para sus adentros.

Er behielt sein Bild fest im Blick und gab es nicht her.

Se sentó firmemente sobre su imagen y no renunció a ella.

Am liebsten wäre er der Schwester ins Gesicht gesprungen.

Preferiría haberle saltado en la cara a la hermana.

Doch Gretes Worte hatten ihre Mutter noch mehr beunruhigt.

Pero las palabras de Grete preocuparon aún más a su madre.

Sie trat beiseite, um zu sehen, was vor ihr verborgen wurde.

Ella se hizo a un lado para ver lo que le ocultaban.

Und sie sah den braunen Fleck auf der geblümten Tapete.

Y vio la mancha marrón en el papel pintado floreado.

Und sie schrie auf, noch bevor sie merkte, dass es Gregor war.

Y ella gritó antes de darse cuenta de que era Gregor.

"Oh Gott", schrie sie mit ausgestreckten Armen.

"Oh Dios", gritó con los brazos extendidos.

Und sie sank auf die Couch, als hätte sie aufgegeben.

Y ella se dejó caer en el sofá como si se hubiera rendido.

„Gregor!", rief die Schwester ihm mit erhobener Faust zu.

—¡Gregor! —gritó la hermana levantando el puño.

Und sie warf ihm einen langen, harten und durchdringenden Blick zu.

Y ella le dirigió una mirada larga, dura y penetrante.

Dies war das erste Mal, dass sie direkt mit ihm gesprochen hatte.

Esta era la primera vez que hablaba con él directamente.

Sie rannte ins Nebenzimmer, um Riechsalz zu holen.

Corrió a la habitación de al lado para conseguir algunas sales aromáticas.

Sie musste ihre Mutter wieder zum Bewusstsein bringen.

Tenía que devolverle la conciencia a su madre.

Gregor wollte helfen, er konnte das Bild später aufbewahren.

Gregor quería ayudar, podría salvar la imagen más tarde.

Doch er war fest an der Glasscheibe festgeklebt.

Pero él se había quedado firmemente pegado al cristal.

Deshalb musste er sich mit großer Kraft losreißen.

Entonces tuvo que apartarse usando mucha fuerza.

Auch er rannte in den nächsten Raum, wo sich die Schwester befand.

Él también corrió a la habitación de al lado, donde estaba la hermana.

Früher hätte er ihr vielleicht einen Rat geben können.

En el pasado podría haberle dado algún consejo.

Doch nun konnte er nichts anderes tun, als tatenlos zuzusehen.

Pero ahora no podía hacer nada más que quedarse de brazos cruzados y observar.

Sie durchwühlte die Schublade und öffnete verschiedene Flaschen.

Revolvió el cajón y abrió varias botellas.

Und er erschreckte sie immer noch, als sie sich umdrehte.

Y todavía la asustó cuando ella se dio la vuelta.

Eine Flasche fiel zu Boden, zerbrach und splitterte.

Una botella cayó al suelo, se rompió y se astilló.

Ein Glassplitter traf Gregor im Gesicht und verletzte ihn.
Una astilla de vidrio golpeó la cara de Gregor y lo hirió.
Die Flasche hatte eine Art ätzende Flüssigkeit enthalten.
La botella contenía algún tipo de líquido cáustico.
Und nun brannte die ätzende Flüssigkeit auf Gregors Gesicht.
Y ahora el líquido corrosivo quemaba la cara de Gregor.
Die Schwester hatte jedoch im Moment keine Zeit für Gregor.
Sin embargo, la hermana no tenía tiempo para Gregor en ese momento.
Sie sammelte so viele Flaschen ein, wie sie tragen konnte.
Ella recogió tantas botellas como pudo.
Und sie rannte mit der Medizin zurück zu ihrer Mutter.
Y ella corrió de nuevo hacia su madre con la medicina.
Sie schlug die Tür mit dem Fuß zu und schloss Gregor aus.
Ella cerró la puerta con el pie, dejando afuera a Gregor.
Nun war er von seiner möglicherweise sterbenden Mutter abgeschnitten.
Ahora estaba separado de su madre, que estaba potencialmente moribunda.
Wenn er die Tür öffnete, würde er die Schwester verjagen.
Si abriera la puerta, echaría a la hermana.
Aber natürlich musste sie bleiben, um sich um die Mutter zu kümmern.
Pero por supuesto tuvo que quedarse para cuidar a la madre.
Es gab für ihn nichts anderes zu tun, als auf sie zu warten.
Ya no podía hacer nada más que esperarlos.
Von Selbstvorwürfen und Angst geplagt, begann er zu kriechen.
Acosado por el autorreproche y la ansiedad, comenzó a gatear.
Er kroch überall hin; an Wänden, Möbeln, der Decke.
Se arrastró por todas partes: las paredes, los muebles, el techo.
Er hatte das Gefühl, als würde sich der ganze Raum um ihn drehen.
Sintió como si toda la habitación girara a su alrededor.

Schließlich fiel er, verzweifelt und schwindlig, wieder zu Boden.

Finalmente, desesperado y mareado, volvió a caer.

Und er fiel direkt auf den großen Esstisch.

Y cayó justo encima de la gran mesa del comedor.

Er lag eine Weile da, betäubt und unfähig sich zu bewegen.

Pasó algún tiempo tendido allí, entumecido e incapaz de moverse.

Er war erschöpft von all dem, was ihm dieser Tag gebracht hatte.

Estaba exhausto por todo lo que el día le había traído.

Es herrschte ringsum Stille, aber vielleicht war das ein gutes Zeichen.

Todo estaba tranquilo, pero tal vez eso era una buena señal.

Dann zerriss das Klingeln an der Haustür die Stille.

Entonces, rompiendo el silencio, sonó el timbre de la puerta de afuera.

Das Dienstmädchen hatte sich natürlich in ihrer Küche eingeschlossen.

La criada, por supuesto, se había encerrado en su cocina.

Die Schwester war also die Einzige, die die Tür öffnen konnte.

Así que la hermana era la única que podía abrir la puerta.

„Was ist passiert?", fragte der Vater als Erstes.

"¿Qué pasó?" fue lo primero que preguntó el padre.

Gretes Erscheinung hatte ihm wahrscheinlich alles verraten.

La aparición de Grete probablemente le había dicho todo.

Gretes Stimme wurde beim Sprechen gedämpft und dumpf.

La voz de Grete se volvió apagada y apagada mientras hablaba.

Sie muss ihr Gesicht an die Brust ihres Vaters gedrückt haben.

Ella debió haber presionado su cara contra el pecho de su padre.

„Mutter war bewusstlos, aber es geht ihr jetzt besser."

"La madre estaba inconsciente, pero ahora se siente mejor".

„Gregor ist entkommen", fügte sie hinzu, was er auch
erwartet hatte.
—Gregor ha escapado —añadió, tal como él esperaba.
"Ich habe dir doch immer gesagt, dass er eines Tages
ausbrechen würde."
"Siempre te dije que algún día se escaparía."
„Aber ihr Frauen wolltet mir ja nicht zuhören, nicht wahr?"
—Pero vosotras, las mujeres, no quisisteis escucharme,
¿verdad?
Gregor erkannte schnell, wie sein Vater die Dinge sehen
würde.
Gregor se dio cuenta rápidamente de cómo veía las cosas su
padre.
Er hatte Gretes allzu kurze Nachricht falsch interpretiert.
Había malinterpretado el mensaje demasiado breve de Grete.
Er nahm an, Gregor habe eine Gewalttat begangen.
Supuso que Gregor había cometido algún acto de violencia.
Gregor musste einen Weg finden, seinen Vater irgendwie zu
besänftigen.
Gregor tenía que encontrar una manera de apaciguar a su
padre de alguna manera.
Weil er keine Zeit hatte, ihm die Dinge zu erklären.
Porque no tuvo tiempo de explicarle las cosas.
Aber er hätte die Dinge ohnehin nicht erklären können.
Pero de todos modos no habría podido explicar las cosas.
Da flüchtete er zur Tür und drückte sich dagegen.
Entonces huyó hacia la puerta y se pegó a ella.
So konnte sein Vater ihn vom Vorzimmer aus sehen.
De esa manera su padre podría verlo desde la antesala.
Und er würde erkennen, dass er die besten Absichten hatte.
Y podría ver que tenía las mejores intenciones.
Es war nicht nötig, ihn mit einem Besen zurückzudrängen.
No había necesidad de empujarlo con una escoba.
Der Vater hätte lediglich die Tür öffnen müssen.
Lo único que el padre habría tenido que hacer era abrir la
puerta.
Doch er hatte keine Lust, solche Feinheiten zu bemerken.

Pero él no estaba de humor para notar tales sutilezas.

"Da bist du ja!", rief er, sobald er eingetreten war.

"¡Ahí estás!" exclamó nada más entrar.

Es war, als wäre er gleichzeitig wütend und glücklich.

Era como si estuviera enojado y feliz al mismo tiempo.

Er zog den Kopf zurück und blickte zu seinem Vater auf.

Echó la cabeza hacia atrás y miró al padre.

Er hatte sich seinen Vater nicht so vorgestellt.

No se había imaginado que su padre estuviera allí así.

Doch in letzter Zeit hatte er eine neue Ablenkung gefunden.

Pero en los últimos tiempos había encontrado una nueva distracción.

Das Herumkriechen nahm nun einen großen Teil seines Tages ein.

Gatear ahora ocupaba gran parte de su día.

Zuvor hatte er alle Neuigkeiten in der Wohnung im Blick behalten.

Antes, él estaba al tanto de todas las novedades que ocurrían en el apartamento.

Aber in letzter Zeit hatte er nicht mehr so genau darauf geachtet.

Pero últimamente no había estado prestando tanta atención.

Er hätte auf Veränderungen vorbereitet sein müssen.

Debería haber estado preparado para afrontar los cambios.

Aber war dieser Mann vor ihm noch der Vater?

Sin embargo, ¿era este hombre que tenía delante todavía el padre?

War er noch derselbe Mann, der früher müde in seinem Bett lag?

¿Era él el mismo hombre que solía yacer cansado en su cama?

Als Gregor bereits auf Geschäftsreise war.

Cuando Gregor ya se había ido de viaje de negocios.

War er derselbe Mann, der ihn abends begrüßte?

¿Era él el mismo hombre que lo saludaba por las noches?

Als er in seinem Morgenmantel in seinem Sessel saß.

Cuando estaba en bata en su sillón.

War er derselbe Mann, der nicht aufstehen konnte, um ihn zu begrüßen?
¿Era el mismo hombre que no pudo levantarse a darle la bienvenida?
So blieb er sitzen und hob freudig den Arm.
Entonces, permaneciendo sentado, levantó el brazo en señal de alegría.
War er derselbe Mann, mit dem er gelegentlich spazieren ging?
¿Era el mismo hombre con el que salía a caminar de vez en cuando?
In seltenen Fällen: an einigen Sonntagen im Jahr oder an Feiertagen.
En raras ocasiones: algunos domingos al año o días festivos.
War er derselbe Mann, der in seinen Mantel gehüllt herüberkam?
¿Era el mismo hombre que caminaba envuelto en su abrigo?
Musste er sich langsam zwischen Mutter und ihm vorwärtsarbeiten?
¿Avanzó lentamente, entre la madre y él?
Und sie gingen seinetwegen bereits langsam.
Y ellos ya caminaban lentamente por causa de él.
Doch nun stand dieser Mann stark und aufrecht.
Pero ahora este hombre estaba de pie, fuerte y erguido.
Er trug eine blaue Uniform mit goldenen Knöpfen.
Estaba vestido con un uniforme azul con botones dorados.
Knöpfe, die die Angestellten der Bankinstitute tragen.
Botones que llevan los empleados de las instituciones bancarias.
Über dem steifen Kragen trat sein markantes Doppelkinn hervor.
Por encima del rígido cuello emergía su fuerte papada.
Unter seinen buschigen Augenbrauen blickten seine schwarzen Augen hervor.
Bajo sus pobladas cejas se asomaban sus ojos negros.
Seine Augen wirkten nun durchdringend, frisch und aufmerksam.

Ahora sus ojos parecían penetrantes, frescos y alertas.

Das zuvor zerzauste weiße Haar wurde glatt gekämmt.

El cabello blanco, anteriormente despeinado, fue peinado hacia abajo.

Und sein Haar hatte nun einen sorgfältigen Mittelscheitel.

Y su cabello ahora tenía una meticulosa raya central.

Er warf seinen Hut weg, der mit einem goldenen Monogramm verziert war.

Arrojó su sombrero, que estaba adornado con un monograma dorado.

Es handelte sich wahrscheinlich um das Monogramm der Bank, für die er arbeitete.

Probablemente era el monograma del banco en el que trabajaba.

Und der Hut landete auf dem Sofa, um später weggeräumt zu werden.

Y el sombrero aterrizó en el sofá, para guardarlo más tarde.

Er schob den Saum der langen Uniformjacke zurück.

Empujó hacia atrás la parte inferior de la larga chaqueta del uniforme.

Und er steckte seine Daumen in die Hosentaschen.

Y metió los pulgares en los bolsillos de sus pantalones.

Und dann ging er mit finsterer Miene auf Gregor zu.

Y luego, con cara sombría, caminó hacia Gregor.

Er wusste wahrscheinlich selbst noch nicht, was er vorhatte.

Probablemente ni siquiera sabía lo que planeaba hacer.

Dennoch hob er die Füße ungewöhnlich hoch.

Pero aún así levantó los pies inusualmente alto.

Gregor staunte über die enorme Größe seiner Stiefel.

Gregor estaba asombrado por el enorme tamaño de sus botas.

Doch dafür blieb wirklich keine Zeit, seine Schuhe zu bewundern.

Pero realmente no había tiempo para maravillarse con sus zapatos.

Der Vater hatte sich für eine sehr strenge Disziplin entschieden.

El padre había decidido aplicar una disciplina muy estricta.

Für Gregor war nur die größtmögliche Strenge angemessen.
Para Gregor sólo era apropiada la mayor severidad.
Das wusste er vom ersten Tag seiner Verwandlung an.
Él lo sabía desde el primer día de su transformación.
Er rannte zu seinem Vater und blieb stehen, als dieser stehen blieb.
Corrió hacia su padre y se detuvo cuando él se detuvo.
Als er sich wieder bewegte, huschte er erneut auf ihn zu.
Corrió hacia él nuevamente cuando se movió de nuevo.
Der Vater hielt einen Moment inne, und Gregor tat es ihm gleich.
El padre se detuvo un momento y Gregor también.
Und sobald sich sein Vater bewegte, stürmte er wieder vorwärts.
Y corrió hacia adelante nuevamente tan pronto como su padre se movió.
Auf diese Weise gingen sie mehrmals im Kreis um den Raum.
De esta manera dieron varias vueltas alrededor de la habitación.
Bislang hatte noch niemand einen entscheidenden Vorteil errungen.
Nadie había conseguido aún ninguna ventaja decisiva.
Man konnte nicht den Eindruck einer Verfolgungsjagd gewinnen.
No se podría haber tenido la impresión de una persecución.
Weil das ganze Geschehen viel zu langsam vonstatten ging.
Porque todo el acontecimiento se estaba produciendo demasiado lentamente.
Gregor hatte beschlossen, am Boden zu bleiben.
Gregor había decidido quedarse en tierra.
Er hätte die Wände hoch und an der Decke entlanglaufen können.
Podría haber corrido por las paredes y a lo largo del techo.
Er wollte den Vater aber nicht unnötig provozieren.
Pero no quería provocar al padre innecesariamente.

Eine solche Flucht hätte besonders verwerflich erscheinen können.

Una huida así podría haber parecido especialmente perversa.

Gregor räumte ein, dass diese Jagd nicht mehr lange dauern könne.

Gregor admitió que esta persecución no podía durar mucho más.

Jeder Schritt erforderte eine Vielzahl von Bewegungen.

Cada paso debía ir acompañado de una miríada de movimientos.

Er begann bereits Atemnot zu verspüren.

Ya empezaba a sentir falta de aire.

Schon vorher hatte er nie absolut zuverlässige Lungen gehabt.

Incluso antes nunca había tenido unos pulmones completamente confiables.

Er taumelte dahin und sparte seine Kräfte für den Lauf.

Avanzó tambaleándose, guardando sus fuerzas para la carrera.

Er war so müde, dass er die Augen kaum noch offen halten konnte.

Estaba tan cansado que apenas podía mantener los ojos abiertos.

Seine Gedanken verlangsamten sich zu sehr, um an andere Fluchtmöglichkeiten zu denken.

Sus pensamientos se volvieron demasiado lentos para pensar en otras escapatorias.

Er hatte fast vergessen, dass ihm die Wände zur Verfügung standen.

Casi había olvidado que los muros estaban a su disposición.

Die Wände waren aber ohnehin hinter Möbeln verborgen.

Pero de todos modos las paredes estaban ocultas detrás de los muebles.

Und die Möbel wiesen zu viele Kerben und Vorsprünge auf.

Y los muebles tenían demasiadas muescas y protuberancias.

Und dann, direkt neben ihm, rollte ein Apfel.

Y luego, justo a su lado, rodando, había una manzana.

Ihm wurde klar, dass der Apfel nach ihm geworfen worden sein musste.

La manzana debió haberle sido arrojada, se dio cuenta.

Doch er hatte keine Zeit zum Nachdenken, da kam schon der nächste Apfel.

Pero no tuvo tiempo de pensar antes de que llegara otra manzana.

Gregor erstarrte vor Schreck über die neue Strategie seines Vaters.

Gregor se quedó paralizado por la nueva estrategia del padre.

Er konnte durch einen Fluchtversuch nichts mehr gewinnen.

Ya no podía ganar nada intentando huir.

Der Vater hatte beschlossen, ihn mit Früchten zu überhäufen.

El padre había decidido bombardearlo con fruta.

Er hatte sich die Taschen mit Obst aus der Küchenschale gefüllt.

Se había llenado los bolsillos con lo que había en el frutero de la cocina.

Ohne besonders darauf zu zielen, warf er Apfel um Apfel.

Sin apuntar especialmente, lanzó manzana tras manzana.

Diese kleinen roten Äpfel rollten auf dem Boden herum.

Estas pequeñas manzanas rojas rodaban por el suelo.

Wie von einem Stromschlag getroffen, stießen die Äpfel aneinander.

Como si estuvieran electrificadas, las manzanas chocaron entre sí.

Einer der schwach geworfenen Äpfel streifte Gregors Rücken.

Una de las manzanas lanzadas débilmente rozó la espalda de Gregor.

Zum Glück für ihn rutschte der Apfel harmlos herunter.

Afortunadamente para él, la manzana se deslizó sin sufrir daño.

Der anschließend geworfene Apfel traf jedoch genauer.

Sin embargo, la manzana lanzada después fue más precisa.

Und dieser Apfel blieb tief in Gregors Rücken stecken.

Y esta manzana se alojó profundamente en la espalda de Gregor.

Gregor wollte sich vor dem Schmerz davonreißen.

Gregor quería alejarse del dolor.

Vielleicht ließe sich diesem neuen, unvorstellbaren Schmerz entkommen.

Quizás se pueda escapar de este nuevo e increíble dolor.

Vielleicht würde ein Ortswechsel seine Qualen lindern.

Quizás un cambio de ubicación aliviaría su agonía.

Aber er fühlte sich, als wäre er am Boden festgenagelt.

Pero se sentía como si lo hubieran clavado al suelo.

Er streckte sich aus, aber nur aufgrund seiner Verwirrung.

Se estiró, pero sólo debido a su confusión.

Erst mit seinem letzten Blick sah er, wie sich die Tür öffnete.

Sólo con su última mirada vio que la puerta se abría.

Die Mutter stürzte vor die schreiende Schwester hinaus.

La madre corrió hacia su hermana, que gritaba.

Die Schwester hatte sie ausgezogen, sodass sie nur noch ihr Hemd trug.

La hermana la había desnudado, por lo que estaba en camisa.

Sie hatte in ihrer Bewusstlosigkeit Freiraum gebraucht.

Había necesitado respirar en su inconsciencia.

Er sah noch, wie die Mutter auf den Vater zulief.

Todavía veía cómo la madre corría hacia el padre.

Ihre Röcke rutschten einer nach dem anderen zu Boden.

Sus faldas se deslizaron hasta el suelo, una tras otra.

Er sah, wie sie auf den Vater zuging und über ihren Rock stolperte.

La vio acercarse al padre y tropezar con su falda.

Sie umarmte ihn und bat darum, Gregors Leben zu verschonen.

Abrazándolo, pidió que le perdonaran la vida a Gregor.

In völliger Einheit mit seinem Körper versagte auch sein Augenlicht.

En completa unión con su cuerpo, su vista falló.

Teil Drei

Gregor litt über einen Monat lang unter der schweren Verletzung.

Gregor sufrió la grave lesión durante más de un mes.

Der Apfel steckte fest; niemand wagte es, ihn zu entfernen.

La manzana quedó incrustada; nadie se atrevió a sacarla.

Der Apfel blieb als sichtbare Erinnerung in seinem Fleisch zurück.

La manzana permaneció en su carne como un recordatorio visible.

Der Apfel diente dem Vater aber auch als Erinnerung.

Pero la manzana también sirvió como recordatorio para el padre.

Ihm wurde klar, dass Gregor nicht wie ein Feind behandelt werden sollte.

Se dio cuenta de que no debía tratar a Gregor como a un enemigo.

Im Moment mag sein Erscheinungsbild traurig und abstoßend wirken.

Actualmente su apariencia puede ser triste y repugnante.

Aber dennoch war er ein Mitglied ihrer Familie.

Pero aún así, seguía siendo un miembro de su familia.

Der Widerwille musste überwunden und toleriert werden.

Había que aceptar la reticencia y tolerarla.

Aufgrund seiner Verletzung könnte seine Beweglichkeit für immer verloren sein.

Debido a su herida, es posible que haya perdido su movilidad para siempre.

Er kroch immer noch in seinem Zimmer herum, aber viel langsamer.

Todavía gateaba por su habitación, pero mucho más lento.

Kriechen in irgendeiner Höhe war völlig ausgeschlossen.

Arrastrarse a cualquier altura estaba fuera de cuestión.

Gregor erhielt jedoch eine Form der Entschädigung.

Pero Gregor recibió algún tipo de compensación.

Am Abend wurde ihm die Wohnzimmertür geöffnet.
Por la noche se le abrió la puerta del salón.
**Und er war der Ansicht, dass diese
Wiedergutmachungszahlungen vollkommen angemessen
seien.**
Y consideró que estas reparaciones eran completamente
adecuadas.
**Noch vor Einbruch der Dunkelheit begann er, die Tür zu
beobachten.**
Antes del anochecer ya había empezado a vigilar la puerta.
Er lag in der Dunkelheit, vom Wohnzimmer aus unsichtbar.
Él yacía en la oscuridad, invisible desde la sala de estar.
**Er konnte die ganze Familie an dem beleuchteten Tisch
sehen.**
Pudo ver a toda la familia en la mesa iluminada.
Nun durfte er ihren Gesprächen zuhören.
Ahora se le permitió escuchar sus conversaciones.
**Dies unterschied sich deutlich von ihrer vorherigen
Vereinbarung.**
Esto fue bastante diferente a su arreglo anterior.
**Die lebhaften Gespräche vergangener Zeiten waren
verstummt.**
Las animadas conversaciones de tiempos pasados habían
terminado.
**Das waren die Gespräche, nach denen er sich immer gesehnt
hatte.**
Éstas eran las conversaciones que tanto anhelaba.
Als er allein in kleinen Hotelzimmern schlief.
Cuando dormía solo en pequeñas habitaciones de hotel.
Als er sich in die feuchte Bettwäsche werfen musste.
Cuando tuvo que arrojarse entre las sábanas húmedas.
Die Abende verliefen nun meist ruhig und ereignislos.
Pero ahora las tardes eran en su mayoría tranquilas y sin
acontecimientos.
**Der Vater schlief nach dem Abendessen in seinem Sessel
ein.**
El padre se quedó dormido en su sillón después de cenar.

Und Mutter und Schwester ermahnten einander zur Stille.
Y la madre y la hermana se animaban mutuamente a guardar
silencio.
**Die Mutter beugte sich weit über die Lampe und nähte
Leinen.**
La madre, inclinada hacia la luz, cosía lino.
Sie entwirft jetzt Kleider für eines der Modegeschäfte.
Ahora ella hace vestidos para una de las tiendas de moda.
**Wie Gregor hatte auch die Schwester eine Stelle als
Verkäuferin angenommen.**
Al igual que Gregor, la hermana había conseguido un trabajo
como vendedora.
Sie lernte abends Stenografie und Französisch.
Ella estaba aprendiendo taquigrafía y francés por las tardes.
**Damit sie später vielleicht eine bessere Arbeitsstelle
bekommen könnte.**
Para que más adelante pudiera tal vez conseguir un mejor
puesto de trabajo.
**Manchmal wachte der Vater von seinem abendlichen
Nickerchen auf.**
A veces el padre se despertaba de sus siestas nocturnas.
"Liebling, du nähst heute schon so lange!"
"¡Cariño, ya llevas un buen rato cosiendo hoy!"
Er schien vergessen zu haben, dass er geschlafen hatte.
Parecía haber olvidado que había estado durmiendo.
Doch er fiel sofort wieder in seinen Schlaf zurück.
Pero inmediatamente volvió a caer en un sueño profundo.
Und Mutter und Schwester lächelten einander müde an.
Y la madre y la hermana se sonrieron cansadamente.
Der Vater hatte eine seltsame neue Sturheit entwickelt.
El padre había desarrollado una extraña y nueva terquedad.
**Selbst zu Hause weigerte er sich, seine Dieneruniform
auszuziehen.**
Incluso en casa se negó a quitarse el uniforme de sirviente.
Und sein Morgenmantel hing nutzlos am Kleiderbügel.
Y su bata colgaba inútilmente en la percha.
So schlief der Vater, vollständig bekleidet, in seinem Sessel.

Así pues, el padre dormía, completamente vestido, en su sillón.

Es war, als ob er immer bereit wäre, seinen Dienst zu leisten.

Era como si siempre estuviera dispuesto a prestar su servicio.

Als ob er nur auf die Stimme seines Vorgesetzten gewartet hätte.

Como si estuviera esperando la voz de su superior.

Dies führte dazu, dass seine Uniform an Sauberkeit verlor.

Esto provocó que su uniforme perdiera su limpieza.

Obwohl die Uniform auch nicht neu war, als er sie bekam.

Aunque el uniforme tampoco era nuevo cuando lo recibió.

Und die Mutter tat ihr Bestes, um die Uniform zu pflegen.

Y la madre hizo todo lo posible para cuidar el uniforme.

Gregor verbrachte ganze Abende damit, diese Uniform anzusehen.

Gregor pasaba tardes enteras mirando este uniforme.

Er beobachtete, wie der alte Mann äußerst unbequem schlief.

Observó cómo el anciano dormía de manera muy incómoda.

Doch im Schlaf bemerkte er auch etwas Friedliches.

Pero mientras dormía también notó algo pacífico.

Als die Uhr zehn schlug, versuchte die Mutter, ihn zu wecken.

Cuando el reloj dio las diez la madre intentó despertarlo.

Sie sprach leise und überredete ihn, ins Bett zu gehen.

Ella habló en voz baja y lo convenció de ir a la cama.

Denn auf dem Sessel zu schlafen war kein richtiger Schlaf.

Porque dormir en el sillón no era dormir de verdad.

Er musste um sechs Uhr mit der Arbeit beginnen.

Iba a tener que empezar a trabajar a las seis en punto.

Deshalb musste er unbedingt so gut wie möglich schlafen.

Así que realmente necesitaba dormir lo mejor posible.

Doch er war von einer neuen Form der Sturheit ergriffen.

Pero una nueva forma de terquedad se apoderó de él.

Die Tatsache, dass er Diener geworden war, hatte begonnen, diese Wirkung auf ihn zu haben.

Convertirse en sirviente había comenzado a tener ese efecto en él.

Deshalb bestand er immer darauf, länger am Tisch zu bleiben.

Así que siempre insistía en quedarse más tiempo en la mesa.

Obwohl er regelmäßig wieder in seinem Sessel einschlief.

Aunque con regularidad volvía a quedarse dormido en su silla.

Und er ließ sich nur mit größter Mühe bewegen.

Y sólo con la mayor dificultad pudo ser movido.

Man musste ihm erklären, dass das Bett besser für ihn wäre.

Tuvieron que decirle que la cama sería mejor para él.

Mutter und Schwester mussten nachdrücklich darauf bestehen, oft mit nur wenigen Vorwarnungen.

Madre y hermana tuvieron que insistir con pequeñas advertencias.

Fünfzehn Minuten lang schüttelte er nur langsam den Kopf.

Durante quince minutos se limitó a menear lentamente la cabeza.

Und er hielt die Augen geschlossen und weigerte sich aufzustehen.

Y mantuvo los ojos cerrados y se negó a levantarse.

Die Mutter zupfte sanft, aber bestimmt an seinem Ärmel.

La madre tiró de su manga, suavemente, pero con firmeza.

Und sie flüsterte ihm schmeichelhafte Worte in seine müden Ohren.

Y ella susurró palabras halagadoras en sus oídos cansados.

Die Schwester unterbrach ihre Arbeit, um ihrer Mutter zu helfen.

La hermana abandonó la tarea que tenía entre manos para ayudar a su madre.

Doch keiner ihrer Versuche zeigte Wirkung beim Vater.

Pero ninguno de sus esfuerzos funcionó con el padre.

Er sank noch tiefer in seinen Stuhl, bereit zum Schlafen.

Se hundió aún más en su silla, preparado para dormir.

Und schließlich packten ihn die Frauen unter den Achseln.

Y finalmente las mujeres lo agarraron por las axilas.

Er öffnete die Augen und blickte sie abwechselnd an.

Abrió los ojos y los miró alternativamente.

„Was für ein Leben!", klagte er beim Zubettgehen.

"¡Qué vida ésta!" se quejó al irse a dormir.

"Ist das der Frieden, der mir im Alter zuteilwurde?"

"¿Es esta la paz que me ha sido dada en mi vejez?"

Doch dann stützte er sich auf die beiden Frauen und stand unbeholfen auf.

Pero entonces, apoyándose en las dos mujeres, se levantó torpemente.

Er tat so, als trüge er die schwerste Last.

Actuó como si llevara la carga más pesada.

Er ließ sich von den beiden Frauen bis ans andere Ende des Raumes führen.

Dejó que las dos mujeres lo guiaran hasta el final de la habitación.

Dort wünschte er ihnen eine gute Nacht und ging dann allein weiter.

Allí les deseó buenas noches y continuó su camino.

Doch die Mutter warf hastig ihr Nähzeug hin.

Pero la madre rápidamente arrojó su kit de costura.

Und auch die Schwester legte den Stift und den Notizblock beiseite.

Y la hermana también dejó el bolígrafo y el bloc de notas.

Und sie liefen hinter dem Vater her, um ihm weiter zu helfen.

Y corrieron detrás del padre para ayudarle aún más.

Wer in dieser überarbeiteten Familie hatte schon Zeit für Gregor?

¿Quién en esta familia sobrecargada de trabajo tenía tiempo para Gregor?

Wer hätte ihm mehr Aufmerksamkeit schenken können als nötig?

¿Quién podría haberle prestado más atención de la necesaria?

Das Haushaltsbudget wurde zunehmend eingeschränkt.

El presupuesto familiar se fue restringiendo cada vez más.

Um Geld zu sparen, mussten sie schließlich das
Dienstmädchen entlassen.
Al final, para ahorrar dinero, tuvieron que despedir a la
criada.
Sie wurde durch eine stämmige, weißhaarige Frau ersetzt.
Fue reemplazada por una mujer de cabello blanco y huesos
gruesos.
Diese Frau kam jedoch nur morgens und abends.
Pero esta mujer venía sólo por la mañana y por la tarde.
Und die schwerste und härteste Arbeit wurde ihr
aufgehoben.
Y todo el trabajo más pesado y duro quedó guardado para
ella.
Alle anderen Hausarbeiten wurden von der Mutter erledigt.
La madre se encargaba de todos los demás quehaceres.
Es kam sogar vor, dass verschiedene
Familienschmuckstücke verkauft wurden.
Incluso ocurrió que se vendieron varias joyas familiares.
Schmuck, den die Frauen bei Feierlichkeiten mit Freude
getragen hatten.
Joyas que las mujeres lucieron felizmente durante las
celebraciones.
Gregor erfuhr dies in einer der allgemeinen Diskussionen.
Gregor aprendió esto en una de las discusiones generales.
Die größte Beschwerde betraf jedoch etwas anderes.
La mayor queja, sin embargo, fue otra.
Die Wohnung war zu groß, aber sie konnten nicht
ausziehen.
El apartamento era demasiado grande, pero no podían
mudarse.
Es gab keine Möglichkeit, Gregor umzusiedeln.
No había manera de que pudieran reubicar a Gregor.
Gregor erkannte jedoch, dass es nicht nur um
Rücksichtnahme ging.
Pero Gregor se dio cuenta de que no era sólo una
consideración.
Etwas anderes hielt sie davon ab, woanders hinzuziehen.

Algo más les impidió mudarse a otro lugar.
Er hätte problemlos in einer geeigneten Kiste transportiert werden können.
Podría haber sido fácilmente transportado en una caja adecuada.
Ihre Gefühle völliger Hoffnungslosigkeit hielten sie zurück.
Sus sentimientos de completa desesperanza los frenaron.
Sie wollten sich nicht eingestehen, dass sie vom Unglück getroffen worden waren.
No querían admitir que la desgracia les había golpeado.
Was die Welt von armen Menschen verlangt, das haben sie erfüllt.
Lo que el mundo exige de los pobres, ellos lo cumplen.
Der Vater holte dem kleinen Bankangestellten das Frühstück.
El padre le preparó el desayuno al pequeño empleado del banco.
Die Mutter opferte sich für die Wäsche von Fremden auf.
La madre se sacrificó por la ropa de desconocidos.
Die Schwester rannte hin und her, um die Bestellungen der Kunden aufzunehmen.
La hermana corría de un lado a otro para atender los pedidos de los clientes.
Aber sie hatten einfach nicht mehr die Kraft, irgendetwas weiter zu tun.
Pero ya no tenían fuerzas para hacer más.
Die Wunde in Gregors Rücken schmerzte nun noch mehr.
La herida en la espalda de Gregor comenzó a doler aún más.
Jeden Abend brachten Mutter und Schwester den Vater ins Bett.
Cada noche, la madre y la hermana llevaban al padre a la cama.
Sie ließen ihre Arbeit liegen und setzten sich zusammen.
Dejaron su trabajo donde estaba y se sentaron juntos.
Und sie rückten näher zusammen und saßen Wange an Wange.
Y se acercaron más y se sentaron mejilla contra mejilla.

Die Mutter zeigte auf das Zimmer, von dem aus er zusah.
La madre señaló la habitación desde donde él observaba.
"Würdest du die Tür schließen?", fragte sie die Schwester.
"¿Podrías cerrar la puerta?" le preguntó a la hermana.
Und dann war Gregor wieder allein in der Dunkelheit.
Y entonces Gregor se quedó solo otra vez en la oscuridad.
Und im Nebenzimmer vermischten die Frauen ihre Tränen.
Y en la habitación de al lado la mujer mezcló sus lágrimas.
Oder sie saßen mit trockenen Augen da und starrten einfach nur auf den Tisch.
O bien se quedaban sentados con los ojos secos, simplemente mirando la mesa.
Gregor schlief kaum, weder nachts noch tagsüber.
Gregor apenas durmió, ni de noche ni de día.
Er dachte oft darüber nach, wie er der Familie helfen könnte.
A menudo pensaba en cómo podría ayudar a la familia.
Er dachte darüber nach, das Geld wieder für sie zu verdienen.
Pensó en ganar dinero nuevamente para ellos.
Er dachte darüber nach, das zu tun, was er früher für sie getan hatte.
Pensó en hacer lo que solía hacer por ellos.
In seinen Gedanken erschien der Bevollmächtigte wieder.
En sus pensamientos regresó el representante autorizado.
Und dieses Mal kam auch der Chef in die Wohnung.
Y esta vez el jefe también vino al apartamento.
Und die Angestellten und die Lehrlinge waren auch da.
Y los oficinistas y los aprendices también estaban allí.
Sogar der etwas begriffsstutzige Büroangestellte kam, um ihn zu sehen.
Incluso el lento empleado de la oficina vino a verlo.
Es waren zwei oder drei Freunde aus anderen Branchen dabei.
Había dos o tres amigos de otros negocios.
Eine der Zimmermädchen aus einem Hotel in der Provinz.
Una de las camareras de un hotel de provincias.

Eine kostbare und flüchtige Erinnerung, an der er festzuhalten versuchte.

Un recuerdo querido y fugaz al que intentó aferrarse.

Eine Kassiererin aus einem Hutgeschäft, für die er Absichten hatte.

Una cajera de una sombrerería para quien tenía intenciones.

Doch er war etwas zu langsam gewesen, um ihre Zustimmung zu gewinnen.

Pero había sido un poco lento en ganar su aprobación.

Sie alle tauchten in seinen Gedanken auf, vermischt mit Fremden.

Todos ellos aparecieron en sus pensamientos, mezclados con desconocidos.

Und andere erschienen nicht; sie waren bereits vergessen.

Y otros no aparecieron, ya estaban olvidados.

Aber sie halfen weder ihm noch seiner Familie.

Pero no le ayudaron a él ni tampoco a la familia.

Sie waren unzugänglich, und er war froh, als sie weg waren.

Eran inaccesibles y él se alegró cuando se fueron.

Er war nicht immer in der Stimmung, sich Sorgen um die Familie zu machen.

No siempre estaba de humor para preocuparse por la familia.

Und er war voller Wut über die mangelnde Aufmerksamkeit.

Y se llenó de rabia por la falta de atención.

Und er konnte sich nichts vorstellen, worauf er Appetit hätte.

Y no podía imaginar nada que le apeteciera.

Doch er schmiedete trotzdem Pläne, in die Speisekammer einzubrechen.

Pero aún así hizo planes para entrar en la despensa.

Und er würde sich alles nehmen, was ihm zustand.

Y él iba a tomar todo lo que se merecía.

Die Schwester bemühte sich nicht mehr besonders um ihn.

La hermana ya no hacía ningún esfuerzo especial por él.

Sie verschwendete keine Zeit mehr damit, darüber nachzudenken, wie sie ihm gefallen könnte.

Ella ya no pasaba el tiempo pensando en complacerlo.

Vor der Arbeit schob sie schnell etwas zu essen ins Zimmer.

Antes de ir a trabajar, rápidamente metió algo de comida en la habitación.

Und am Abend kehrte sie die Essensreste schnell wieder zusammen.

Y por la noche volvió a barrer rápidamente la comida.

Ob er gegessen hatte oder nicht, bemerkte sie nicht mehr.

Ya no se daba cuenta de si había comido o no.

In den meisten Fällen blieb das Essen nun unberührt.

En la actualidad, la mayoría de las veces la comida se dejaba intacta.

Abends huschte sie immer noch schnell durch den Raum.

Ella todavía barría rápidamente la habitación por la noche.

Doch nun tat sie nur das Nötigste, und zwar so schnell wie möglich.

Pero ahora hizo lo mínimo, lo más rápido posible.

An den Mauern zogen sich Spuren von Schmutz entlang.

Quedaron vetas de suciedad corriendo por las paredes.

Auf dem Boden lagen Staub- und Müllklumpen.

Bolas de polvo y basura quedaron tiradas en el suelo.

Gregor missbilligte ihre Nachlässigkeit.

Gregor mostró su desaprobación por su falta de cuidado.

Er drehte sich in einem besonders markanten Winkel.

Se giró en un ángulo particularmente significativo.

Aber er hätte wochenlang in dieser Position bleiben können.

Pero podría haber permanecido en el puesto durante semanas.

Seine Schwester hätte seine Unzufriedenheit nicht bemerkt.

Su hermana no habría notado su insatisfacción.

Sie sah den Dreck genauso gut wie er, wenn nicht sogar besser.

Ella veía la suciedad tan bien como él, o incluso mejor.

Aber sie hatte beschlossen, den Dreck dort zu lassen, wo er war.

Pero ella había decidido dejar la tierra donde estaba.

Damals entwickelte sie eine völlig neue Sensibilität.

En ese momento adoptó una sensibilidad completamente nueva.

Sie hatte es sich zur Aufgabe gemacht, Gregors Zimmer zu reinigen.

Ella había hecho de la limpieza de la habitación de Gregor su responsabilidad.

Die Familie war von ihrer freundlichen Rücksichtnahme sehr berührt.

La familia se sintió conmovida por su amable consideración.

Einst hatte die Mutter sein Zimmer gründlich gereinigt.

Una vez, la madre le había dado a su habitación una limpieza a fondo.

Erst nachdem sie mehrere Eimer Wasser verbraucht hatte, gelang es ihr.

Sólo después de utilizar unos cuantos baldes de agua lo consiguió.

Die neu aufgetretene Feuchtigkeit im Zimmer schadete Gregor jedoch.

Sin embargo, la nueva humedad en la habitación perjudicó a Gregor.

Und er lag breitbeinig, verbittert und regungslos auf dem Sofa.

Y él yacía ancho, amargado e inmóvil en el sofá.

Doch das war nur ihre erste Strafe für ihre Hilfeleistung.

Pero ese fue sólo su primer castigo por ayudar.

Die Schwester bemerkte schnell die Veränderung in Gregors Zimmer.

La hermana notó rápidamente el cambio en la habitación de Gregor.

Und sie rannte, zutiefst beleidigt, ins Wohnzimmer.

Y ella corrió a la sala, extremadamente insultada.

Ihre Mutter hob die Hände und versuchte, sie zu beschwören.

Su madre levantó las manos y trató de implorarle.

Doch trotz einer aufrichtigen Erklärung brach sie in Tränen aus.

Pero a pesar de una explicación sincera, ella rompió a llorar.

Der Vater erschrak natürlich und fuhr aus seinem Stuhl hoch.

El padre, por supuesto, se sobresaltó y se levantó de la silla.

Und die beiden Eltern schauten fassungslos und hilflos zu.

Y los dos padres miraban asombrados e impotentes.

Und schließlich gerieten auch ihre Gefühle in Aufruhr.

Y con el tiempo sus emociones también se agitaron.

Der Vater warf der Mutter vor, was sie getan hatte.

El padre reprochó a la madre lo que había hecho.

"Du hättest das Zimmer Grete zum Putzen überlassen sollen."

"Deberías haber dejado la habitación para que Grete la limpiara."

Grete schrie die Mutter an, weil sie sein Zimmer aufgeräumt hatte.

Grete le gritó a la madre por limpiar su habitación.

„Du darfst sein Zimmer nie wieder putzen!"

"¡Nunca más podrás limpiar su habitación!"

Die Mutter versuchte, den Vater ins Schlafzimmer zu zerren.

La madre intentó arrastrar al padre al dormitorio.

Die Schwester blieb zitternd und schluchzend im Zimmer zurück.

La hermana se quedó en la habitación, temblando y sollozando.

Und sie hämmerte mit ihren kleinen Fäustchen auf den Tisch.

Y golpeó la mesa con sus pequeños puños.

Und Gregor zischte sie alle lautstark vor Wut an.

Y Gregor, enojado, siseó fuertemente contra todos ellos.

Warum war niemand auf die Idee gekommen, ihm die Tür zu schließen?

¿Por qué a nadie se le ocurrió cerrarle la puerta?

Sie hätten ihm diesen Anblick und Lärm ersparen können.

Podrían haberle ahorrado esta vista y este ruido.

Die Schwester war erschöpft, als sie von der Arbeit nach Hause kam.

La hermana estaba agotada después de llegar a casa del trabajo.

Und die Betreuung von Gregor bedeutete für sie noch mehr Arbeit.

Y cuidar a Gregor era aún más trabajo para ella.

Das bedeutete aber nicht, dass die Mutter es hätte tun sollen.

Pero eso no significaba que la madre debía haberlo hecho.

Gregor hingegen sollte nicht vernachlässigt werden.

A Gregor, por el contrario, no hay que descuidarlo.

Aber jetzt hatten sie ein neues Dienstmädchen, das solche Dinge tun konnte.

Pero ahora tenían una nueva criada que podía hacer esas cosas.

Eine ältere Witwe mit kräftigem Knochenbau.

Una viuda anciana que tenía una estructura ósea robusta.

Eine Statur, die ihr half, ihr schwieriges Leben zu überstehen.

Una estatura que la ayudó a sobrevivir a su difícil vida.

Sie hatte keine wirkliche Abneigung gegen Gregors Erscheinung.

Ella no sentía ninguna aversión real hacia la apariencia de Gregor.

Sie hatte versehentlich die Tür zu Gregors Zimmer geöffnet.

Ella había abierto accidentalmente la puerta de la habitación de Gregor.

Es geschah nicht aus besonderer Neugierde bezüglich des Zimmers.

No fue por ninguna curiosidad particular sobre la habitación.

Sie tat lediglich ihre Arbeit und öffnete dabei zufällig die Tür.

Ella simplemente estaba haciendo su trabajo y por casualidad abrió la puerta.

Gregor war natürlich völlig überrascht von ihr.

Gregor, por supuesto, quedó completamente sorprendido por ella.

Er wurde nicht verfolgt, aber er rannte hin und her.

No lo perseguían, sino que corría de un lado a otro.

Und sie verschränkte einfach die Arme und sah ihm beim Krabbeln zu.

Y ella simplemente cruzó sus brazos y lo observó gatear.

Seitdem hat sie ihm immer einen Spaltbreit die Tür geöffnet.

Desde entonces ella siempre le abría un poquito la puerta.

Eines Morgens schaute sie nach ihm, um zu sehen, wie es ihm ging.

Una mañana ella entró para ver cómo estaba.

Und am Abend sah sie nach ihm, bevor sie ging.

Y por la tarde ella fue a ver cómo estaba antes de irse.

Zuerst versuchte sie auch, ihn zu sich zu rufen.

Al principio ella también intentó llamarlo para que viniera con ella.

„Komm her, du alter Mistkäfer!", pflegte sie zu sagen.

"¡Ven aquí, viejo escarabajo pelotero!", solía decir.

Oder sie sagte freundlich: „Schau dir den alten Mistkäfer an!"

O ella dijo, "¡mira ese viejo escarabajo pelotero!", amigablemente.

Gregor reagierte nie darauf, wenn man so mit ihm sprach.

Gregor nunca reaccionó cuando le hablaron de esa manera.

Er blieb stehen, ohne sich zu rühren, und ignorierte sie.

Él permaneció allí, sin moverse, y la ignoró.

„Wenn man ihr doch nur gesagt hätte, wie man ihre Arbeit richtig macht."

"Si le hubieran dicho cómo hacer correctamente su trabajo."

„Anstatt mich zu belästigen, sollte sie lieber mein Zimmer aufräumen."

"En lugar de molestarme debería limpiar mi habitación."

Eines Morgens prasselte ein heftiger Regenguss gegen die Fenster.

Una mañana temprano una fuerte lluvia golpeó las ventanas.

Vielleicht war der Regen bereits ein Zeichen für den kommenden Frühling.

Quizás la lluvia ya era una señal de la llegada de la primavera.

Das Dienstmädchen begann wieder auf diese Weise mit ihm zu sprechen.

La criada comenzó a hablarle de esa manera una vez más.

Gregor war so verbittert, dass er sich umdrehte und ihr ins Gesicht sah.

Gregor estaba tan amargado que se giró para mirarla.

Er war langsam und gebrechlich, aber es war eine Art Angriff.

Era lento y débil, pero fue una especie de ataque.

Das Dienstmädchen hingegen hatte überhaupt keine Angst vor Gregor.

La criada, sin embargo, no tenía ningún miedo de Gregor.

Stattdessen hob sie einen Stuhl hoch, der in der Nähe der Tür stand.

En lugar de eso, levantó una silla que estaba cerca de la puerta.

Und sie stand da, ganz ruhig, mit weit geöffnetem Mund.

Y ella permaneció allí, tranquilamente, con la boca abierta.

Ihre Absichten waren klar, das konnte sogar Gregor erkennen.

Sus intenciones eran claras, incluso Gregor podía verlo.

Und er drehte sich langsam um und kehrte zu seinem ursprünglichen Platz zurück.

Y se giró, lentamente, a su posición original.

"Sie wollen also nicht näher kommen, oder?"

—Entonces no quieres acercarte más, ¿verdad?

Und sie stellte den Stuhl leise wieder in die Ecke.

Y silenciosamente volvió a poner la silla en la esquina.

Gregor aß kaum noch etwas.

Gregor ya casi no comía nada.

Manchmal blieb er bei seinen Rundgängen im Zimmer stehen.

A veces, mientras caminaba por la habitación, se detenía.

Und er befand sich neben dem für ihn zubereiteten Essen.

Y se encontró junto a la comida preparada para él.

Er steckte sich das Essen in den Mund, aber nur, um damit zu spielen.

Se llevó la comida a la boca, pero sólo para jugar con ella.

Und nicht selten spuckte er es nach ein paar Stunden wieder aus.

Y muy a menudo lo escupía de nuevo al cabo de unas horas.

Er versuchte, einen Grund für seinen Appetitverlust zu finden.

Trató de encontrar una razón para su falta de apetito.

Vielleicht, weil er mit dem Zustand seines Zimmers unzufrieden war.

Quizás porque estaba triste por el estado de su habitación.

Aber er hatte sich mit den Veränderungen im Raum abgefunden.

Pero ya se había adaptado a los cambios que se producían en la habitación.

In letzter Zeit hatte sich sein Zimmer in eine Art Abstellraum verwandelt.

Recientemente su habitación se había convertido en una especie de almacén.

Sie hatten sich angewöhnt, Dinge dort liegen zu lassen.

Se habían acostumbrado a dejar las cosas allí.

Und nun lagen noch viele solcher Dinge in seinem Zimmer.

Y ahora quedaban muchas cosas así en su habitación.

Weil ein Zimmer der Wohnung vermietet worden war.

Porque una habitación del apartamento estaba alquilada.

Drei ernsthafte Herren mieteten das Zimmer gemeinsam.

Tres caballeros serios alquilaban la habitación juntos.

Gregor hat sie einmal durch einen Türspalt erblickt.

Gregor los vio una vez a través de una rendija en la puerta.

Sie trugen Vollbärte und waren penibel gekleidet.

Llevaban barbas pobladas y estaban vestidos meticulosamente.

Sie achteten penibel darauf, dass alles ordentlich blieb.

Eran escrupulosos en mantener todo ordenado.

Ihr Hang zur Ordnung beschränkte sich nicht nur auf ihr Zimmer.

Su insistencia en el orden no se limitaba a su habitación.

Die gesamte Wohnung musste tadellos sauber gehalten werden.

Todo el apartamento tenía que mantenerse perfectamente limpio.

Sie legten sogar noch mehr Wert auf das Aussehen der Küche.

Eran aún más exigentes con el aspecto de la cocina.

Und unnötigen Unrat konnten sie nicht dulden.

Y no podían tolerar ningún desorden innecesario.

Sie hatten auch ihre eigenen Möbel mitgebracht.

También habían traído consigo sus propios muebles.

Aus diesem Grund waren viele Dinge überflüssig geworden.

Por esta razón muchas cosas se habían vuelto superfluas.

Das waren Dinge, für die niemand Geld bezahlen würde.

Eran cosas por las que nadie pagaría dinero.

Die Familie wollte diese Dinge aber auch nicht wegwerfen.

Pero la familia tampoco quería deshacerse de estas cosas.

All diese Dinge landeten irgendwo in Gregors Zimmer.

Todas estas cosas fueron a parar a la habitación de Gregor.

Der Aschenbecher aus der Küche stand nun in seinem Zimmer.

El cajón de cenizas de la cocina ahora estaba guardado en su habitación.

Und der Müll wurde bis zum Abholtag in seinem Zimmer aufbewahrt.

Y la basura se guardaba en su habitación hasta el día de la basura.

Das Dienstmädchen warf alles, was sie nicht brauchte, in sein Zimmer.

La criada arrojó todo lo que no necesitaba en su habitación.

Zum Glück sah er nichts weiter als die Hand und den Gegenstand.

Afortunadamente no vio más que la mano y el objeto.

Sie hatte wahrscheinlich vor, die Sachen später abzuholen.

Probablemente tenía la intención de volver a buscar las cosas más tarde.

Oder vielleicht wollte sie einfach alles auf einmal wegwerfen.

O tal vez quería tirarlo todo de una vez.

Doch alles blieb dort, wo es ursprünglich gelandet war.

Sin embargo, todo permaneció donde había quedado al principio.

Es sei denn, Gregor bewegte den Schrott, indem er sich hindurchzwängte.

A menos que Gregor moviera la basura moviéndose a través de ella.

Zuerst musste er sich durch den ganzen Schrott hindurchkriechen.

Al principio se vio obligado a arrastrarse entre toda la basura.

Es gab für ihn keine Möglichkeit, dies zu vermeiden.

No tenía posibilidad de evitarlo.

Später fand er jedoch tatsächlich Freude an dieser Tätigkeit.

Pero más tarde realmente encontró placer en esta actividad.

Diese Anstrengung hinterließ ihn jedoch traurig und zutiefst erschöpft.

Aunque tal esfuerzo lo dejó triste y profundamente cansado.

Und danach war er viele Stunden lang bewegungsunfähig.

Y después no pudo moverse durante muchas horas.

Die Untermieter aßen manchmal im Wohnzimmer.

Los inquilinos a veces comían en la sala de estar.

Die Wohnzimmertür blieb an diesen Abenden geschlossen.

La puerta del salón permanecía cerrada esas noches.

Gregor hatte aber keine Schwierigkeiten, die Tür jetzt nicht zu öffnen.

Pero a Gregor no le resultó difícil no abrir la puerta.

Selbst wenn die Tür offen war, schaute er nicht immer hinaus.

Incluso cuando la puerta estaba abierta, no siempre miraba hacia afuera.

Doch er legte sich in die dunkelste Ecke des Zimmers.

Pero él se acostó en el rincón más oscuro de la habitación.

Auch der Familie fiel seine mangelnde Aufmerksamkeit nicht auf.

La familia tampoco notó su falta de atención.

Doch einmal ließ das Dienstmädchen die Tür offen.

Pero hubo una vez que la criada dejó la puerta abierta.

Die Tür blieb auch dann offen, als die Mieter zurückkehrten.

La puerta permaneció abierta incluso cuando los inquilinos regresaron.

Und die Tür war offen, als das Licht eingeschaltet wurde.

Y la puerta estaba abierta cuando se encendió la luz.

Der Mann saß an dem Tisch, an dem die Familie zu Abend aß.

El hombre se sentó a la mesa donde la familia cenaba.

Vater, Mutter und Gregor saßen dort in früheren Zeiten.

Allí se sentaron en el pasado el padre, la madre y Gregor.

Sie entfalteten die Servietten und nahmen Messer und Gabeln.

Desplegaron las servilletas y cogieron cuchillos y tenedores.

Die Mutter erschien mit einer Schüssel Fleisch in der Tür.

La madre apareció en la puerta con un plato de carne.

Dann kam die Schwester mit einer Schüssel voller Kartoffeln herein.

Entonces la hermana entró con un cuenco lleno de patatas.

Die Untermieter beugten sich über die vor ihnen aufgestellten Schüsseln.

Los inquilinos se inclinaron sobre los cuencos colocados delante de ellos.

Der dichte Rauch des Essens stieg ihnen bis in die Nasen.

El humo denso de la comida les llegaba hasta la nariz.

Aber sie hatten noch nicht entschieden, ob sie das Essen essen würden.

Pero aún no habían decidido si comerían la comida.

Vielleicht würden sie das Essen zurück in die Küche schicken.

Quizás enviarían la comida de vuelta a la cocina.

Der Mann in der Mitte schien die Autoritätsperson zu sein.

El hombre sentado en el medio parecía ser la autoridad.

Er schnitt das Fleisch an, um festzustellen, ob es zart genug war.

Cortó la carne para determinar si estaba lo suficientemente tierna.

Er war zufrieden mit dem Geruch und Aussehen des Essens.

Estaba satisfecho con el olor y el aspecto de la comida.

Die Mutter und die Schwester hatten sie ängstlich beobachtet.

La madre y la hermana los observaban ansiosamente.

Und sie begannen zu lächeln, begleitet von einem Seufzer der aufgestauten Erleichterung.

Y empezaron a sonreír con un suspiro de alivio.

Die Familie selbst wollte in der Küche essen.

La propia familia iba a comer en la cocina.

Doch zuerst ging der Vater nach den Untermietern sehen.

Pero primero el padre fue a ver cómo estaban los inquilinos.

Er verbeugte sich einmal und hielt dabei seine Arbeitsmütze in der Hand.

Hizo una reverencia, sosteniendo en su mano su gorra de trabajo.

Und er ging einmal im Kreis um den Tisch herum, zu jedem Gast.

Y caminó en círculo alrededor de la mesa, hacia cada invitado.

Die Untermieter standen alle auf und murmelten in ihre Bärte.

Todos los inquilinos se pusieron de pie y murmuraron algo entre dientes.

Nachdem er gegangen war, aßen sie in fast völliger Stille.

Después de que él se fue, comieron en un silencio casi absoluto.

Gregor fand es seltsam, dass er Kaugeräusche hörte.

A Gregor le pareció extraño que pudiera oír la masticación.

Kein anderer Aspekt des Essens schien Geräusche zu verursachen.

Ningún otro aspecto de la alimentación parecía emitir ningún sonido.

Aber er konnte deutlich hören, wie Zähne aufeinander knirschten.

Pero podía oír claramente el rechinar de los dientes.

Sie schienen ihm sagen zu wollen, dass er Zähne zum Essen brauche.

Parecían decirle que necesitaba dientes para comer.

"Ohne Zähne im Kiefer kann man gar nichts machen."

"No puedes hacer nada si tus mandíbulas no tienen dientes".

„Ich möchte etwas essen", sagte Gregor ängstlich.

"Me gustaría comer algo", dijo Gregor ansiosamente.

„Aber ich habe keinen Appetit auf das, was ihr alle esst."

"Pero no tengo apetito para lo que están comiendo".

„Seht euch an, wie diese Mieter essen, und ich verhungere hier."

"Mira cómo comen estos huéspedes y yo aquí muriéndome de hambre".

Gregor dachte an diesem Abend zufällig an die Geige.

Aquella noche Gregor pensó por casualidad en el violín.

Er hatte die Geige seit der Verwandlung nicht mehr gehört.

No había oído el violín desde la transformación.

Doch dann, an diesem Abend, ertönte ein Geräusch aus der Küche.

Pero entonces, esta noche, se oyó un ruido desde la cocina.

Die Herren hatten ihr Abendessen bereits beendet.

Los caballeros ya habían terminado su cena.

Der mittlere Herr hatte begonnen, eine Zeitung zu lesen.

El caballero del medio había comenzado a leer un periódico.

Den beiden anderen Herren hatte er jeweils ein Blatt gegeben.

Les había dado a los otros dos caballeros una hoja a cada uno.

Und nun lehnten sie sich zurück, lasen und rauchten.

Y ahora estaban recostados, leyendo y fumando.

Als die Geige zu spielen begann, wurden sie aufmerksam.

Cuando el violín empezó a sonar, se pusieron atentos.

Sie standen auf und gingen auf Zehenspitzen zur Tür des Vorzimmers.

Se levantaron y caminaron de puntillas hacia la puerta de la antesala.

Hier standen sie eng beieinander und lauschten an der Tür.

Allí estaban, acurrucados juntos, escuchando desde la puerta.

Die Familie muss die Männer aus der Küche gehört haben.

La familia debió haber escuchado a los hombres desde la cocina.

Denn der Vater rief sie und fragte sie:

Porque el padre los llamó y les preguntó;

"Ist die Geige für die Herren vielleicht unbequem?"

¿Acaso el violín resulta incómodo para los caballeros?

„Wenn Ihnen die Musik nicht gefällt, können wir sofort aufhören.“

"Si no te gusta la música podemos parar inmediatamente."

„Im Gegenteil“, sagte der mittlere der beiden Herren.

"Al contrario", dijo el centro de los caballeros.

Möchte die junge Dame in unserem Zimmer Geige spielen?

"¿Le gustaría a la señorita tocar el violín en nuestra habitación?"

„Hier ist es definitiv viel komfortabler und gemütlicher.“

"Definitivamente es mucho más cómodo y acogedor aquí".

Der Vater antwortete, als wäre er selbst der Geiger.

El padre respondió como si fuera el propio violinista.

"Oh bitte, das wäre wunderbar", rief der Vater.

"Oh, por favor, eso sería maravilloso", exclamó el padre.

Die Herren kehrten ins Wohnzimmer zurück und warteten.

Los caballeros regresaron a la sala de estar y esperaron.

Bald darauf kam der Vater mit dem Notenständer ins Zimmer.

Pronto el padre entró en la habitación con el atril.

Die Mutter kam mit dem Notenbuch ins Zimmer.

La madre entró en la habitación con el libro de música.

Und die Schwester kam mit der Geige ins Zimmer.

Y la hermana entró en la habitación con el violín.

Sie bereitete in aller Ruhe alles vor, um Geige zu spielen.

Ella preparó todo con calma para tocar el violín.

Die Eltern übertrieben ihre Höflichkeit und ihr Benehmen.

Los padres exageraron su cortesía y modales.
Sie hatten zuvor noch nie Zimmer an Untermieter vermietet.
Nunca antes habían alquilado habitaciones a huéspedes.
Und sie trauten sich nicht einmal, auf ihren eigenen Stühlen zu sitzen.
Y ni siquiera se atrevieron a sentarse en sus propias sillas.
Statt sich hinzusetzen, lehnte sich der Vater gegen die Tür.
En lugar de sentarse, el padre se apoyó contra la puerta.
Seine rechte Hand befand sich zwischen zwei Knöpfen seines Mantels.
Su mano derecha estaba entre dos botones de su abrigo.
Der Mutter wurde jedoch von einem Herrn ein Stuhl angeboten.
Sin embargo, un caballero le ofreció una silla a la madre.
Aber sie setzte sich an die Stelle, wo der Herr den Stuhl hingestellt hatte.
Pero ella se sentó donde el caballero había colocado la silla.
Und er hatte den Stuhl nicht an einem bestimmten Ort aufgestellt.
Y no había colocado la silla en ningún lugar determinado.
So saß die Mutter abseits von allen anderen in einer Ecke.
Así que la madre se sentó apartada de todos, en un rincón.
Und schließlich begann die Schwester Geige zu spielen.
Y finalmente la hermana empezó a tocar el violín.
Die Eltern auf den gegenüberliegenden Seiten beobachteten das Geschehen aufmerksam.
Los padres, en lados opuestos, prestaron mucha atención.
Und sie beobachteten jede Bewegung ihrer Hand genau.
Y observaban atentamente cada movimiento de su mano.
Gregor war auch vom Geigenspiel fasziniert.
Gregor también se sentía atraído por la interpretación del violín.
Und er wagte sich ein Stück weiter aus seinem Zimmer hinaus.
Y se aventuró a salir de su habitación un poco más lejos.
Er hatte den Kopf schon im Wohnzimmer.
Él ya estaba con la cabeza dentro de la sala.

Er war stets sehr stolz darauf, besonders rücksichtsvoll zu sein.

Solía enorgullecerse de ser muy considerado.

Doch in letzter Zeit hinterfragte er seine Nachlässigkeit kaum noch.

Pero últimamente casi no cuestiona su falta de cuidado.

Auch wenn er jetzt mehr Grund hatte, sich zu verstecken als zuvor.

Aunque ahora tenía más motivos para esconderse que antes.

Weil sein Zimmer mit Staub und allerlei Schmutz bedeckt war.

Porque su habitación estaba cubierta de polvo y suciedad diversa.

Die geringste Bewegung wirbelte allerlei Schmutz auf.

El más leve movimiento levantaba todo tipo de suciedad.

Der ganze Dreck klebte an ihm: Staub, Haare, Essensreste.

Toda esa suciedad se le pegó: polvo, pelo, restos de comida.

Er hätte den Schmutz am Teppich abreiben können.

Podría haber frotado la suciedad contra la alfombra.

Das tat er mehrmals täglich.

Esto era algo que solía hacer varias veces al día.

Doch seine Gleichgültigkeit gegenüber allem war viel zu groß.

Pero su indiferencia hacia todo era demasiado grande.

Deshalb hatte er keine Angst, noch ein Stück weiterzugehen.

Así que no tuvo miedo de avanzar un poco más.

Und er betrat den makellosen Wohnzimmerboden.

Y se trasladó al inmaculado suelo de la sala de estar.

Doch niemand bemerkte ihn oder schenkte ihm Beachtung.

Sin embargo, nadie se dio cuenta ni le prestó atención.

Die Familie war völlig in das Konzert vertieft.

La familia estaba completamente absorta en el concierto.

Die Herren hingegen zogen sich zunächst zurück.

Los caballeros, por el contrario, inicialmente se retiraron.

Und sie standen dicht hinter dem Notenständer der Schwester.

Y se quedaron cerca, detrás del atril de la hermana.
Wenn sie hingesehen hätten, hätten sie die Noten sehen können.
Si hubieran mirado habrían podido ver las notas musicales.
Dies hätte die Schwester natürlich beunruhigt.
Esto, por supuesto, habría perturbado a la hermana.
Dann blieben sie am Fenster stehen, anstatt sich hinzusetzen.
Luego se quedaron de pie junto a la ventana, en lugar de sentarse.
Mit den Händen in den Taschen redeten sie weiter.
Con las manos en los bolsillos seguían hablando.
Sie blieben dort, während der Vater ängstlich zusah.
Permanecieron allí mientras el padre observaba ansiosamente.
Man hatte den Eindruck, dass sie andere Erwartungen hatten.
Uno tenía la impresión de que tenían otras expectativas.
Und es schien wirklich so, als wären sie enttäuscht gewesen.
Y realmente parecía como si se hubieran decepcionado.
Es schien, als hätten sie genug von der Vorstellung.
Parecía que ya estaban hartos de la actuación.
Sie hatten zugelassen, dass die Geige ihren Frieden störte.
Habían permitido que el violín perturbara su paz.
Und sie tolerierten die Musik nur aus Höflichkeit.
Y sólo toleraban la música por cortesía.
Besonders beunruhigend war, wie sie den Rauch wegbliesen.
Lo que más me desconcertó fue cómo expulsaron el humo.
Und dennoch spielte sie so wunderschön Geige.
Y aún así, tocaba el violín maravillosamente.
Ihr Gesicht war leicht zur Seite geneigt, auf der Geige.
Su rostro estaba inclinado suavemente hacia un lado, sobre el violín.
Ihr Blick wanderte traurig die Notenlinien entlang.
Sus ojos buscaban con tristeza las líneas musicales.
Gregor fühlte sich ein wenig mehr ins Wohnzimmer hineingezogen.

Gregor se sintió atraído un poco más hacia la sala de estar.
Er hielt den Kopf dicht am Boden, blickte aber nach oben.
Mantuvo la cabeza cerca del suelo, pero miró hacia arriba.
Vielleicht würde sich so der Blick seiner Schwester mit seinem treffen.
Tal vez de esta manera la mirada de su hermana podría encontrarse con la suya.
Kann man wirklich sagen, dass er nur ein Tier war?
¿Puede realmente decirse que era sólo un animal?
War er etwa ein Tier, wenn ihn Musik so fesseln konnte?
¿Era un animal si la música podía cautivarlo tanto?
Er hatte das Gefühl, ihm sei ein Weg zu unbekannter Nahrung gezeigt worden.
Sintió como si le mostraran un camino hacia una alimentación desconocida.
Vielleicht war dies die Nahrung, die ihm fehlte.
Quizás éste era el sustento que le faltaba.
Er war fest entschlossen, zu seiner Schwester zu gelangen.
Estaba decidido a dirigirse hacia su hermana.
Er wollte an ihrem Rock zupfen, um ihre Aufmerksamkeit zu erregen.
Quería tirar de su falda para llamar su atención.
Er wollte ihr eine Art Einladung signalisieren.
Quería darle una indicación de una invitación.
„Komm und spiel Geige in meinem Zimmer", wollte er sagen.
"Ven a tocar el violín en mi habitación", quiso decir.
Er wollte, dass sie für ihre wunderschöne Musik belohnt wird.
Él quería que ella fuera recompensada por su hermosa música.
"Niemand hier belohnt dich dafür, dass du Geige spielst."
"Aquí nadie te recompensa por tocar el violín".
Er wollte sie nicht mehr aus seinem Zimmer lassen.
Él ya no quería dejarla salir de su habitación.
Er wollte, dass sie so lange bei ihm blieb, wie er lebte.
Él quería que ella permaneciera con él mientras viviera.
Zum ersten Mal hatte seine Verwandlung einen Vorteil.

Por primera vez su transformación tuvo un beneficio.

Seine Missbildung würde ihm nun endlich noch von Nutzen sein.

Su deformidad finalmente iba a serle útil.

Er wollte gleichzeitig an allen vier Türen sein.

Quería estar en las cuatro puertas simultáneamente.

Er wollte sie von allen Seiten anfauchen und anspucken.

Quería silbarles y escupirles desde todos los ángulos.

Seine Schwester sollte nicht gezwungen werden, bei ihm zu bleiben.

Su hermana no debería verse obligada a quedarse con él.

Er wollte, dass sie sich freiwillig dafür entschied, bei ihm zu bleiben.

Él quería que ella eligiera quedarse con él voluntariamente.

Sie wollte sich neben ihn setzen und sich zu ihm hinunterbeugen.

Ella iba a sentarse a su lado e inclinarse hacia él.

Und er wollte ihr von der Musikschule erzählen.

Y le iba a contar sobre la escuela de música.

Er hatte die feste Absicht, sie auf die Akademie zu schicken.

Tenía la firme intención de enviarla a la academia.

Das hätte er allen schon letztes Weihnachten erzählt.

Se lo habría contado a todo el mundo la pasada Navidad.

War Weihnachten etwa schon wieder vorbei?

¿Ya había llegado y pasado realmente la Navidad?

Und er hätte sich von niemandem davon abbringen lassen.

Y no habría dejado que nadie le disuadiera de ello.

Doch dann setzte das Unglück allem ein Ende.

Pero entonces el desafortunado accidente lo detuvo todo.

Die Schwester wäre von ihren Gefühlen überwältigt gewesen.

La hermana se habría sentido abrumada por la emoción.

Und dann wäre Gregor bis auf ihre Schulter geklettert.

Y entonces Gregor se habría subido hasta su hombro.

Und er hätte sie getröstet, indem er ihren Hals geküsst hätte.

Y la habría consolado besándole el cuello.

„Herr Samsa!", rief der Mann in der Mitte dem Vater zu.

—¡Señor Samsa! —gritó el hombre del medio al padre.

Er zeigte mit dem Zeigefinger nach unten auf Gregor.

Señalaba con su dedo índice hacia Gregor.

Gregor bewegte sich langsam über den Wohnzimmerboden.

Gregor se movía lentamente por el suelo de la sala de estar.

Das Geigenspiel verstummte sehr schnell.

El sonido del violín se silenció muy rápidamente.

Der mittlere der drei Männer lächelte seine Freunde an.

El del medio de los tres hombres sonrió a sus amigos.

Dann schüttelte er den Kopf und blickte zurück zu Gregor.

Luego meneó la cabeza y volvió a mirar a Gregor.

Der Vater hätte Gregor zurück in sein Zimmer schicken können.

El padre podría haber obligado a Gregor a regresar a su habitación.

Das war jedoch nicht die erste Maßnahme, zu der er sich entschloss.

Pero esa no fue la primera acción que decidió tomar.

Er hielt es für wichtiger, die Herren zu beruhigen.

Pensó que era más importante calmar a los caballeros.

Obwohl sie von Gregor eigentlich überhaupt nicht verärgert waren.

Aunque en realidad no estaban molestos en absoluto por Gregor.

Gregor schien unterhaltsamer als das Geigenspiel.

Gregor parecía más entretenido que tocar el violín.

Er eilte mit ausgestreckten Armen auf sie zu.

Corrió hacia ellos con los brazos extendidos.

Er gab sein Bestes, um ihren Blick auf Gregor zu verbergen.

Estaba intentando hacer lo mejor que podía para ocultar su visión de Gregor.

Und er versuchte, sie zur Rückkehr in ihr Zimmer zu bewegen.

Y trató de animarlos a regresar a su habitación.

Das hat sie eher ein wenig verärgert.

En realidad, esto los hizo enfadar un poco.

Es war aber schwer zu sagen, was genau sie störte.

Pero era difícil decir exactamente qué les molestaba.

Der Vater verdarb die abendliche Unterhaltung.

El padre estaba arruinando la diversión de la noche.

Aber sie hatten auch gerade erst von ihrem neuen Mitbewohner erfahren.

Pero también acababan de enterarse de su nuevo compañero de piso.

Sie hoben die Hände, genau wie der Vater es getan hatte.

Levantaron las manos tal como lo había hecho el padre.

Sie verlangten vom Vater eine sofortige Erklärung.

Exigieron una explicación inmediata al padre.

Sie zupften unruhig an ihren Bärten, um eine Antwort zu bekommen.

Se tiraron inquietos de la barba esperando una respuesta.

Und sie bewegten sich rückwärts in ihr Zimmer, aber sehr langsam.

Y retrocedieron hasta su habitación, pero muy lentamente.

Die Unterbrechung hatte die Schwester in eine Trance versetzt.

La interrupción había dejado a la hermana en trance.

Sie ließ Geige und Bogen an ihrer Seite herabhängen.

Dejó que el violín y el arco colgaran a su lado.

Und sie blickte auf die Notenblätter, als ob sie immer noch spielen würde.

Y ella miraba la partitura como si todavía estuviera tocando.

Doch dann zog sie sich plötzlich wieder ins Zimmer zurück.

Pero de repente ella regresó a la habitación.

Und sie hatte nun das Gefühl, verloren zu sein, überwunden.

Y ahora había superado el sentimiento de estar perdida.

Sie legte das Musikinstrument auf den Schoß ihrer Mutter.

Ella colocó el instrumento musical en el regazo de su madre.

Die Mutter saß schwer atmend auf dem Stuhl.

La madre estaba sentada en la silla, respirando con dificultad.

Und dann musste die Schwester ins Nebenzimmer rennen.

Y entonces la hermana tuvo que correr a la habitación de al lado.

Sie musste alles für die Herren vorbereiten.
Tenía que dejar todo listo para los caballeros.
Sie warf die Decken und Kissen in die Luft.
Ella arrojó las mantas y los cojines al aire.
Und mit ihren geschickten Händen richtete sie die gesamte Bettwäsche her.
Y con sus manos expertas dispuso toda la ropa de cama.
Sie war schon fertig, bevor die Herren den Raum erreichten.
Terminó antes de que los caballeros llegaran a la habitación.
Und sie verschwand, bevor sie ihnen in die Quere kam.
Y ella se escabulló antes de interponerse en su camino.
Der Vater schien von seiner eigenen Sturheit beherrscht zu sein.
El padre parecía estar dominado por su propia terquedad.
Und so vergaß er jeglichen Respekt, den er seinen Mietern schuldete.
Y así olvidó todo respeto que debía a sus inquilinos.
Er drängte und drängte, bis deren Sprecher Einspruch erhob.
Empujó y empujó hasta que su portavoz se opuso.
Als er die Tür erreichte, stampfte er wütend mit dem Fuß auf.
Al llegar a la puerta, dio una patada furiosa.
Und damit brachte er den Vater zum Schweigen.
Y con esto logró detener al padre.
„Hiermit erkläre ich", begann er sich an seinen Vermieter zu wenden.
"Por la presente declaro", comenzó dirigiéndose a su propietario.
Und er hob die Hand und blickte die ganze Familie an.
Y levantó la mano, mirando a toda la familia.
„Hinsichtlich der widerlichen Zustände im Zimmer;"
"En cuanto a las repugnantes condiciones de la habitación;"
Und er sorgte dafür, dass alle seinen Worten zuhörten.
Y se aseguró de que todos escucharan sus palabras.
"Hiermit kündige ich meinen Auszug aus meinem Zimmer."
"Por la presente, le comunico que desocuparé mi habitación".

Und er unterstrich seine Aussage zusätzlich, indem er auf
den Boden spuckte.
Y reiteró su punto escupiendo en el suelo.
„Auch die Tage, die ich hier gelebt habe, werde ich nicht
bezahlen."
"Tampoco pagaré por los días que he vivido aquí."
Mit dieser Rückerstattung war er allerdings nicht ganz
zufrieden.
Sin embargo, no estaba completamente satisfecho con este
reembolso.
„Und ich werde erwägen, weitere Forderungen an Sie zu
stellen."
"Y consideraré hacer otras demandas contra usted."
„Glauben Sie mir, solche Forderungen lassen sich sehr leicht
rechtfertigen."
Créeme, tales exigencias serán muy fáciles de justificar.
Er schwieg und blickte den Vater direkt an.
Él permaneció en silencio y miró directamente al padre.
Er schien zu erwarten, dass noch etwas passieren würde.
Parecía estar esperando que sucediera algo más.
Tatsächlich hatten seine beiden Freunde sofort die gleiche
Idee.
De hecho, sus dos amigos inmediatamente tuvieron la misma
idea.
„Wir stornieren auch unsere Zimmer", sagten sie unisono.
"También estamos cancelando nuestras habitaciones", dijeron
al unísono.
Dann packte er den Türgriff und schloss die Tür.
Luego agarró la manija de la puerta y cerró la puerta.
Und mit einem lauten Knall schlossen sie sich in ihrem
Zimmer ein.
Y con un fuerte estruendo se encerraron en su habitación.
Der Vater taumelte mit tastenden Händen zu seinem Stuhl.
El padre se tambaleó hasta su silla con manos torpes.
Und er ließ sich besiegt in den Stuhl fallen.
Y se dejó caer en la silla, derrotado.

Es sah so aus, als ob er seinen üblichen Abendschlaf halten würde.

Parecía como si fuera a echar su siesta vespertina habitual.

Sein Kopf nickte jedoch fast so, als ob er nicht gestützt würde.

Pero su cabeza asintió casi como si no tuviera apoyo.

Und man konnte sehen, dass er überhaupt nicht schlief.

Y se podía ver que no estaba durmiendo en absoluto.

Während all dem hatte Gregor sich nicht von der Stelle gerührt.

Durante todo este tiempo Gregor no se había movido de su sitio.

Er befand sich noch immer an der Stelle, wo die Herren ihn zuerst gesehen hatten.

Todavía estaba donde los caballeros lo habían visto por primera vez.

Selbst wenn er umziehen wollte, fand er es unmöglich.

Incluso si hubiera querido moverse, le resultó imposible.

Entweder aus Enttäuschung oder aus Hunger.

Por su decepción, o por su hambre.

Er war enttäuscht über das Scheitern seines Plans.

Estaba decepcionado por el fracaso de su plan.

Und er war geschwächt von dem anhaltenden Hunger, den er verspürte.

Y estaba débil por el hambre prolongada que sentía.

Er war sich sicher, dass sich jeden Moment alle gegen ihn wenden würden.

Estaba seguro de que en cualquier momento todos se volverían contra él.

In Erwartung des unmittelbar bevorstehenden Zusammenbruchs wartete er.

Con esta expectativa de colapso inminente, esperó.

Die Geige begann vom Schoß der Mutter zu rutschen.

El violín empezó a deslizarse del regazo de la madre.

Mit einem ohrenbetäubenden Geräusch fiel die Geige zu Boden.

Con un sonido resonante el violín cayó al suelo.

Doch selbst dieses plötzliche Krachen ließ ihn nicht erschrecken.

Pero ni siquiera ese repentino ruido estrepitoso lo sobresaltó.

„Liebe Eltern", sagte die Schwester, „so kann es nicht weitergehen."

«Queridos padres», dijo la hermana, «esto no puede continuar».

Und um ihrer Aussage Nachdruck zu verleihen, schlug sie mit der Hand auf den Tisch.

Y golpeó la mesa con la mano para dejar claro su punto.

"Ich werde den Namen meines Bruders vor diesem Monster nicht aussprechen."

"No diré el nombre de mi hermano delante de este monstruo".

„Deshalb sage ich es so deutlich wie möglich:"

"Por eso lo digo lo más claramente posible:"

„Uns bleibt keine andere Wahl, als dieses Tier loszuwerden."

"No tenemos otra opción que deshacernos de este animal".

„Wir haben unser Bestes getan, um dieses Tier zu tolerieren und zu pflegen."

"Hicimos lo mejor que pudimos para tolerar y cuidar a este animal".

„Ich glaube nicht, dass uns irgendjemand auch nur im Geringsten die Schuld geben kann."

"No creo que nadie pueda culparnos en lo más mínimo".

„Sie hat tausendfach Recht", stimmte der Vater zu.

"Tiene mil veces razón", asintió el padre.

Die Mutter hatte noch immer nicht wieder richtig Luft bekommen.

La madre aún no había recuperado del todo el aliento.

Sie begann dumpf in ihre Hand zu husten und atmete schwer.

Ella empezó a toser sordamente en su mano, respirando con dificultad.

Und in ihren Augen begann sich ein wahnsinniger Ausdruck abzuzeichnen.

Y una expresión de locura comenzó a surgir en sus ojos.

Die Schwester eilte zu ihrer Mutter und hielt sich die Stirn.
La hermana corrió hacia su madre y le sujetó la frente.
Der Vater schien von den Worten der Schwester inspiriert zu sein.
El padre pareció inspirarse en las palabras de la hermana.
Und seine Gedanken schienen klarer als zuvor.
Y sus pensamientos parecían ser más claros que antes.
Er hörte auf, mit dem Kopf zu nicken, und setzte sich wieder aufrecht hin.
Dejó de asentir con la cabeza y volvió a sentarse derecho.
Und er spielte, in tiefes Nachdenken versunken, mit der Mütze seines Dieners.
Y jugaba con la gorra de sirviente, sumido en sus pensamientos.
Die Teller der Mieter standen noch auf dem Tisch.
Los platos de los inquilinos todavía estaban sobre la mesa.
Und manchmal blickte er zu dem schweigenden Gregor hinüber.
Y a veces miraba hacia el silencioso Gregor.
„Wir müssen versuchen, es loszuwerden", sagte die Schwester zu ihm.
"Tenemos que intentar deshacernos de él", le dijo la hermana.
Die Mutter war zu sehr mit Husten beschäftigt, um zuzuhören.
La madre estaba demasiado ocupada tosiendo como para escuchar.
„Das wird euch beide umbringen, ich sehe es schon kommen."
"Los matará a ambos, ya lo veo venir."
„Wir können nicht alle weiterhin so hart arbeiten wie bisher."
"No podemos seguir trabajando tan duro como lo hacemos todos."
„Und jeden Tag müssen wir nach Hause kommen und diese Qualen erleiden."
"Y cada día tenemos que volver a casa y encontrarnos con esta tortura."

„Wir können das nicht mehr ertragen. Ich kann das nicht
mehr ertragen."
"No podemos soportarlo más. No puedo soportarlo."
In einem letzten Tränenausbruch sank sie ihrer Mutter in
die Arme.
Ella cayó ante su madre en un último estallido de lágrimas.
Die Tränen rannen ihr über das Gesicht und auf das ihrer
Mutter.
Las lágrimas cayeron por su rostro y sobre el de su madre.
Und mit einer mechanischen Bewegung wischte sie sich die
Tränen weg.
Y se secó las lágrimas con un movimiento mecánico.
„Mein Kind", sagte der Vater mitfühlend.
"Hijo mío", dijo el padre con voz compasiva.
In seiner Stimme lag tiefes Mitgefühl und Verständnis.
Había profunda simpatía y comprensión en su voz.
„Aber was sollen wir tun?", gestand er und gab zu, es nicht
zu wissen.
«Pero ¿qué debemos hacer?», confesó no saberlo.
Die Schwester zuckte nur hilflos mit den Schultern.
La hermana simplemente se encogió de hombros con
impotencia.
Und ihr anfängliches Selbstvertrauen wich erneut Tränen.
Y su confianza anterior fue reemplazada nuevamente por
lágrimas.
„Wenn er uns doch nur verstehen würde", sagte der Vater
laut.
«Si nos entendiera», dijo el padre en voz alta.
Und er fragte sich halb, ob Gregor es vielleicht verstanden
hatte.
Y se preguntó si tal vez Gregor entendía.
Die Schwester schüttelte unter Tränen heftig die Hand.
La hermana simplemente sacudió su mano violentamente
mientras lloraba.
Und so signalisierte sie, dass man diese Idee gar nicht erst in
Erwägung ziehen sollte.
Y entonces ella señaló que no se debía pensar en esa idea.

„Aber wenn er uns doch nur verstehen würde", wiederholte der Vater.

«¡Si nos comprendiera!», repitió el padre.

Er schloss die Augen und dachte über die Antwort seiner Schwester nach.

Cerrando los ojos consideró la respuesta de la hermana.

"Wenn er verstünde, dass eine Vereinbarung mit ihm getroffen werden könnte."

"Si lo entendiera se podría llegar a un acuerdo con él."

„Aber unter den gegebenen Umständen…"

"Pero estando las cosas como están..."

„Es muss weg!", rief die Schwester, „es ist der einzige Weg."

"Tiene que irse", gritó la hermana, "es la única manera".

„Du musst den Gedanken loswerden, dass es Gregor ist."

"Tienes que deshacerte de la idea de que es Gregor".

„Dass wir das so lange geglaubt haben, ist unser eigentliches Unglück."

"Que lo hayamos creído durante tanto tiempo es nuestra verdadera desgracia."

„Aber wie kann es Gregor sein?", fragte sie ihren Vater.

«¿Pero cómo puede ser Gregor?», le preguntó a su padre.

„Er wusste, dass ein solches Tier nicht mit Menschen zusammenleben kann."

"Sabía que un animal así no podía coexistir con los humanos".

„Gregor hätte uns schon längst freiwillig verlassen."

Gregor nos habría abandonado hace mucho tiempo, voluntariamente.

„Das stimmt, dann hätten wir keinen Bruder mehr."

"Es cierto, entonces no tendríamos ningún hermano."

„Aber wir könnten weiterleben und sein Andenken ehren."

"Pero podríamos seguir viviendo y honrar su memoria".

„Aber dieses Ungeheuer verfolgt uns und vertreibt unsere Pächter."

"Pero esta bestia nos persigue y ahuyenta a nuestros labradores."

„Es will ganz offensichtlich die ganze Wohnung in Besitz nehmen."

"Es evidente que quiere apoderarse de todo el apartamento".

„Dieses Biest will, dass wir auf der Straße schlafen.“

"Esta bestia quiere hacernos dormir en la calle."

"Schau, Vater", rief sie plötzlich, "er bewegt sich schon wieder!"

«Mira, padre», gritó de repente, «¡se mueve otra vez!»

Und sie tat etwas, das selbst Gregor nicht verstehen konnte.

E hizo algo que ni siquiera Gregor pudo entender.

Sie stieß sich von sich selbst ab, als wolle sie die Mutter opfern.

Ella se apartó, como sacrificando a la madre.

Und sie rannte hinter ihrem Vater her, um sich in Sicherheit zu bringen.

Y ella corrió detrás de su padre buscando algún tipo de seguridad.

Der Vater war nur deshalb so aufgebracht, weil seine Tochter es war.

El padre estaba agitado únicamente porque su hija lo estaba.

Doch dann stand auch er auf und hob die Arme über sie.

Pero entonces él también se levantó y levantó los brazos sobre ella.

Gregor hatte jedoch keinerlei Absicht gehabt, irgendjemanden zu erschrecken.

Pero Gregor no tenía intención de asustar a nadie.

Er hatte insbesondere nicht die Absicht, seine Schwester zu erschrecken.

Sobre todo no pensó en asustar a su hermana.

Er wollte sich gerade umdrehen und zurück in sein Zimmer gehen.

Él sólo estaba intentando regresar a su habitación.

Doch in seinem sich verschlechternden Zustand war selbst das schwierig.

Pero dado que su estado estaba empeorando, incluso esto era difícil.

Und er konnte seine Beine nicht mehr vollumfänglich nutzen.

Y ya no tenía pleno uso de todas sus piernas.

Also benutzte er seinen Kopf, um seinen Körper anzuheben und sich umzudrehen.

Entonces usó su cabeza para levantar su cuerpo y girar.

Er hielt inne und suchte in der Familie nach deren Zustimmung.

Hizo una pausa y miró a su alrededor esperando la aprobación de la familia.

Seine guten Absichten schienen erkannt worden zu sein.

Su buena intención parecía haber sido reconocida.

Seine Bewegung hatte sie nur kurzzeitig erschreckt.

Su movimiento sólo había sido un shock momentáneo para ellos.

Nun blickten sie ihn alle in unglücklichem Schweigen an.

Ahora todos lo miraban en un silencio infeliz.

Die Mutter lag noch immer erschöpft im Sessel.

La madre seguía tumbada en el sillón, exhausta.

Vater und Schwester saßen nebeneinander.

El padre y la hermana estaban sentados uno al lado del otro.

»Vielleicht lassen sie mich jetzt umdrehen«, dachte Gregor.

«Quizás ahora me dejen dar la vuelta», pensó Gregor.

Und er setzte seine unbeholfene Drehbewegung fort.

Y continuó haciendo su torpe movimiento de giro.

Er konnte die gelegentlichen Atemzüge der Anstrengung nicht unterdrücken.

No podía reprimir los jadeos ocasionales de esfuerzo.

Und er war gezwungen, zwischendurch ein paar Mal Pausen einzulegen.

Y se vio obligado a descansar un par de veces entre uno y otro.

Niemand drängte ihn jetzt zur Eile; es lag ganz bei ihm.

Ya nadie le obligaba a apresurarse; la decisión estaba en sus manos.

Schließlich vollendete er die langsame und schmerzhafte Drehung.

Al final completó el giro lento y doloroso.

Er machte sich sofort auf den Weg zurück in sein Zimmer.

Inmediatamente comenzó a caminar directamente de regreso a su habitación.

Er war erstaunt darüber, wie weit er von seinem Zimmer entfernt war.

Se sorprendió de lo lejos que estaba de su habitación.

Wie war er trotz seiner Schwäche zuvor dorthin gelangt?

¿Cómo, a pesar de su debilidad, había llegado allí antes?

Er war fast denselben Weg gegangen, ohne es zu bemerken.

Había recorrido casi el mismo camino sin darse cuenta.

Er konzentrierte sich jetzt nur noch darauf, so schnell wie möglich zu krabbeln.

Ahora él sólo se concentró en gatear tan rápido como podía.

Das Ausbleiben von Kommentaren störte ihn nicht.

La falta de comentarios por parte de alguien no le inquietó.

Erst als er schon in der Tür war, drehte er den Kopf.

Sólo cuando ya estaba en la puerta giró la cabeza.

Aber er konnte sich nicht vollständig umdrehen und zurückblicken.

Pero no pudo darse la vuelta para mirar hacia atrás por completo.

Denn er spürte, wie sich sein Nacken beim Umdrehen noch mehr versteifte.

Porque sintió que su cuello se ponía aún más rígido al girarse.

Doch er sah, dass sich hinter ihm ohnehin nichts verändert hatte.

Pero vio que de todas formas nada había cambiado detrás de él.

Der einzige Unterschied war, dass seine Schwester aufgestanden war.

La única diferencia fue que su hermana se puso de pie.

Sein letzter Blick verriet ihm, dass seine Mutter eingeschlafen war.

Su última mirada mostró que su madre se había quedado dormida.

Sobald er in seinem Zimmer war, wurde die Tür geschlossen.

Tan pronto como estuvo dentro de su habitación la puerta se cerró.

Und sobald die Tür geschlossen war, wurde der Schrank verriegelt.

Y tan pronto como la puerta se cerró, el cerrojo quedó bloqueado.

Gregor erschrak über das unerwartete Geräusch hinter ihm.

Gregor se asustó por el ruido inesperado que se oía detrás.

Und vor lauter Überraschung knickten seine Beine unter ihm ein.

Y sus piernas se doblaron bajo él por la repentina sorpresa.

Es war seine Schwester, die hinter ihm zur Tür geeilt war.

Fue la hermana quien corrió hacia la puerta detrás de él.

Sie stand bereits aufrecht da und wartete auf ihn.

Ella ya se encontraba allí de pie, esperándolo.

Dann machte sie einen leichten Sprung nach vorn, ohne dass Gregor es hörte.

Luego saltó hacia delante ligeramente sin que Gregor la oyera.

"Endlich!", rief sie laut, als sie den Schlüssel umdrehte.

"¡Por fin!" gritó en voz alta mientras giraba la llave.

„Was nun?", fragte sich Gregor, allein in der Dunkelheit.

"¿Y ahora qué?", se preguntó Gregor, solo en la oscuridad.

Er merkte bald, dass er sich überhaupt nicht mehr bewegen konnte.

Pronto descubrió que ya no podía moverse en absoluto.

Doch seine Unbeweglichkeit überraschte ihn nicht wirklich.

Pero no le sorprendió realmente su inmovilidad.

Sich auf so dünnen Beinen fortbewegen zu können, erschien lächerlich.

Poder moverse con piernas tan delgadas parecía ridículo.

Er wusste nicht, wie ihm das jemals gelungen war.

No sabía cómo había sido capaz de hacerlo.

Abgesehen davon fühlte er sich aber relativ wohl.

Pero aparte de eso se sentía relativamente cómodo.

Es stimmt, dass er am ganzen Körper tiefe Schmerzen verspürte.

Es cierto que sentía un dolor profundo en todo el cuerpo.

Doch der Schmerz schien immer schwächer zu werden.

Pero el dolor parecía hacerse cada vez más débil.

Und er hatte das Gefühl, der Schmerz würde irgendwann verschwinden.

Y sintió que el dolor eventualmente desaparecería.

Er spürte den faulen Apfel in seinem Rücken kaum noch.

Ya casi no sentía la manzana podrida en su espalda.

Er dachte mit Rührung und Liebe an seine Familie zurück.

Pensó en su familia con emoción y amor.

Er spürte die Gefühle seiner Schwester noch stärker als sie selbst.

Sintió las emociones de su hermana incluso más que ella misma.

Sie hatte Recht mit dem, was sie gesagt hatte; er musste gehen.

Ella tenía razón en lo que había dicho: él tenía que irse.

Er verbrachte einige Zeit in diesem leeren und friedlichen Zustand.

Pasó algún tiempo en ese estado vacío y pacífico.

Die Uhr schlug dreimal, leise, aber bestimmt.

El reloj dio tres veces, silenciosamente, pero con firmeza.

Gregor wurde sanft aus seinen Betrachtungen gerissen.

Gregor fue sacado suavemente de sus meditaciones.

Er beobachtete, wie das Morgenlicht langsam in sein Zimmer drang.

Observó cómo la luz de la mañana entraba lentamente en su habitación.

Dann sank sein Kopf völlig nach unten, ohne dass er es wollte.

Entonces su cabeza se hundió por completo, sin su voluntad.

Und sein letzter Atemzug entwich schwach aus seinen Nasenlöchern.

Y su último aliento fluyó débilmente de su nariz.

Das Dienstmädchen kam früh am Morgen in sein Zimmer.

La criada entró en su habitación temprano en la mañana.

Bei ihrem üblichen kurzen Besuch fand sie nichts Ungewöhnliches vor.

No encontró nada inusual durante su corta visita habitual.

Aus Kraft und in Eile knallte sie alle Türen zu.
Con fuerza y prisa cerró de golpe todas las puertas.
An ruhigen Schlaf war in der gesamten Wohnung nicht zu denken.
No fue posible dormir tranquilo en todo el apartamento.
Sie war gebeten worden, dies morgens zu vermeiden.
Le habían pedido que evitara hacer esto por la mañana.
Sie glaubte, er läge absichtlich so regungslos da.
Ella pensó que él yacía allí inmóvil a propósito.
Vielleicht wollte er ihr zeigen, dass er beleidigt war.
Quizás quería demostrarle que estaba ofendido.
Sie vertraute darauf, dass er über alle Arten von Intelligenz verfügte.
Ella confiaba en que él tenía todo tipo de inteligencia.
Sie hielt zufällig den langen Besen in der Hand.
Ella sostenía por casualidad la escoba larga en su mano.
Also versuchte sie von der Tür aus, Gregor ein wenig zu kitzeln.
Entonces, desde la puerta, intentó hacerle un poco de cosquillas a Gregor.
Sie war etwas verärgert darüber, dass er überhaupt nicht reagierte.
Ella estaba un poco molesta porque él no respondió en absoluto.
Deshalb stieß sie ihn diesmal etwas energischer an.
Así que esta vez lo empujó un poco más firmemente.
Als er keinen Widerstand leistete, sah sie genauer hin.
Cuando él no ofreció resistencia, ella lo miró más de cerca.
Bald begriff sie, was Gregor wirklich zugestoßen war.
Pronto se dio cuenta de lo que realmente le había sucedido a Gregor.
Sie öffnete die Augen noch weiter und pfiff vor sich hin.
Abrió más los ojos y silbó para sí misma.
Doch sie zögerte nicht lange, bevor sie die Tür öffnete.
Pero no perdió mucho tiempo antes de abrir la puerta.
Und sie rief mit lauter Stimme in die Dunkelheit:
Y clamó a gran voz en la oscuridad:

"Komm und sieh es dir an, da liegt es, völlig tot."
"Ven a echarle un vistazo, ahí está, completamente muerto."
Die beiden Eltern saßen aufrecht in ihrem Ehebett.
Los dos padres estaban sentados erguidos en el lecho
conyugal.
Zuerst mussten sie den Lärmschock überwinden.
Primero tuvieron que superar el impacto del ruido.
Doch dann begannen sie langsam, ihre Botschaft zu
verstehen.
Pero poco a poco empezaron a comprender su mensaje.
Herr und Frau Samsa sprangen jeweils von ihrer Seite des
Bettes.
El señor y la señora Samsa saltaron cada uno de su lado de la
cama.
Herr Samsa warf sich die dicke Decke über die Schultern.
El señor Samsa se echó la gruesa manta sobre los hombros.
Und Frau Samsa kam nur im Nachthemd heraus.
Y la señora Samsa salió sin nada más que su camisón.
Und so gelangten sie in Gregors Zimmer.
Y así entraron en la habitación de Gregor.
Inzwischen hatte sich auch die Tür zum Wohnzimmer
geöffnet.
Mientras tanto, la puerta de la sala de estar también se había
abierto.
Grete hatte dort geschlafen, seit die Mieter eingezogen
waren.
Grete había dormido allí desde que los inquilinos se mudaron.
Sie war vollständig angezogen, als hätte sie überhaupt nicht
geschlafen.
Estaba completamente vestida como si no hubiera dormido en
absoluto.
Ihr blasses Gesicht schien ebenfalls ihren Schlafmangel zu
beweisen.
Su rostro pálido también parecía demostrar su falta de sueño.
„Er ist tot?", fragte Frau Samsa und blickte die Magd an.
"¿Está muerto?" preguntó la señora Samsa, mirando a la
criada.

Das hätte sie selbst überprüfen können, indem sie ihn angesehen hätte.

Ella podría haberlo confirmado mirándolo ella misma.

„Ich glaube schon", sagte das Dienstmädchen und hob den Besen auf.

"Creo que sí", dijo la criada cogiendo la escoba.

Und sie schob seinen Körper ein langes Stück über den Boden.

Y ella empujó su cuerpo muy lejos por el suelo.

Frau Samsa machte eine Bewegung, als wolle sie sie aufhalten.

La señora Samsa hizo un movimiento como si quisiera detenerla.

Doch am Ende ließ sie das Dienstmädchen Gregor herumschieben.

Pero al final dejó que la criada llevara a Gregor de un lado a otro.

„Nun", sagte Herr Samsa, „endlich können wir Gott danken."

—Bueno —dijo el señor Samsa—, por fin podemos dar gracias a Dios.

Er bekreuzigte sich; Kopf, Brust, Schultern.

Hizo la señal de la cruz; cabeza, pecho, hombros.

Und die drei Frauen folgten seinem religiösen Beispiel.

Y las tres mujeres siguieron su ejemplo religioso.

Grete, die den Blick nicht von der Leiche abwandte, sagte:

Grete, que no apartaba la vista del cadáver, dijo:

„Seht nur, wie dünn er war! Er hat so lange nichts gegessen."

"Mira qué delgado estaba, hacía tanto tiempo que no comía."

„Das Futter, das ich ihm jeden Morgen hinstellte, war immer unberührt."

"La comida que le dejaba cada mañana siempre estaba intacta."

Tatsächlich war Gregors Körper völlig flach und trocken.

De hecho, el cuerpo de Gregor estaba completamente plano y seco.

Dies war nun, da er am Boden lag, deutlicher zu erkennen.

Esto era más visible ahora que estaba en el suelo.

Weil sein Körper nicht mehr von seinen Beinen hochgehalten wurde.

Porque su cuerpo ya no era levantado por sus piernas.

Und weil es nichts anderes gab, was die Aussicht beeinträchtigte.

Y porque no había nada más que distrajera la vista.

„Komm doch für eine Weile mit uns herein, Grete", sagte Frau Samsa.

—Ven un rato con nosotros, Grete —dijo la señora Samsa.

Während sie sprach, lag ein gequältes Lächeln auf ihren Lippen.

Había una sonrisa dolorosa en sus labios mientras hablaba.

Grete folgte ihnen, blickte aber auch immer wieder zurück auf die Leiche.

Grete los siguió, pero también miró hacia el cadáver.

Das Dienstmädchen schloss die Tür und öffnete das Fenster ganz.

La criada cerró la puerta y abrió completamente la ventana.

Es war noch früh, daher wäre die Luft normalerweise kalt.

Todavía era temprano, por lo que normalmente el aire estaría frío.

Doch in der kalten Luft lag auch ein Hauch von Wärme.

Pero también había una mezcla de calidez en el aire frío.

Wie eine sanfte Erinnerung daran, dass es nun Ende März war.

Como un suave recordatorio de que ya era finales de marzo.

Die drei Mieter verließen nun ebenfalls ihr Zimmer.

Los tres inquilinos ahora también salieron de su habitación.

Sie schauten sich staunend nach ihrem Frühstück um.

Miraron a su alrededor con asombro en busca de su desayuno.

Das Frühstück wurde vergessen, wegen dem, was das Dienstmädchen gefunden hatte.

El desayuno fue olvidado por lo que encontró la criada.

„Wo gibt es Frühstück?", grummelte der mittlere Herr.

"¿Dónde está el desayuno?" se quejó el caballero del medio.

Das Dienstmädchen legte den Finger an den Mund, um Ruhe zu gebieten.

La criada se llevó el dedo a la boca para ordenar silencio.

Und sie winkte den Herren hastig und stumm zu.

Y ella rápidamente y en silencio saludó a los caballeros.

Das Dienstmädchen geleitete die drei Herren in den Raum.

La criada acompañó a los tres caballeros a la habitación.

Und sie erklärte ihnen weiterhin, was geschehen war.

Y continuó explicándoles lo que había sucedido.

Und die drei Herren standen um Gregors Leichnam herum.

Y los tres caballeros estaban alrededor del cadáver de Gregor.

Mit den Händen in den Taschen blickten sie nach unten.

Con las manos en los bolsillos miraron hacia abajo.

Das Morgenlicht hatte den Raum nun vollständig durchflutet.

La luz de la mañana ahora había inundado completamente la habitación.

Dann öffnete sich die Schlafzimmertür und Herr Samsa erschien.

Entonces se abrió la puerta del dormitorio y apareció el señor Samsa.

Auf der einen Seite saß seine Frau, auf der anderen seine Tochter.

A un lado estaba su esposa y al otro su hija.

Herr Samsa trug inzwischen bereits seine Uniform.

Para entonces el señor Samsa ya llevaba puesto su uniforme.

Man konnte sehen, dass sie alle ein bisschen geweint hatten.

Se podía ver que todos habían estado llorando un poco.

Grete drückte ihr Gesicht an den Arm ihres Vaters.

Grete presionó su cara contra el brazo de su padre.

„Verlassen Sie sofort meine Wohnung!", befahl Herr Samsa.

"¡Sal de mi apartamento inmediatamente!" ordenó el señor Samsa.

Und er deutete auf die Tür, ohne die Frauen gehen zu lassen.

Y señaló la puerta sin dejar salir a las mujeres.

„Was meinen Sie damit?", fragte der Mittelsmann verunsichert.

"¿Qué quieres decir?" preguntó el intermediario desconcertado.

Und er gab sich alle Mühe, Herrn Samsa freundlich anzulächeln.

Y él hizo lo mejor que pudo para sonreír dulcemente al señor Samsa.

Die anderen beiden hielten ihre Hände hinter dem Rücken.

Los otros dos llevaban las manos tras la espalda.

Und sie rieben sich erwartungsvoll die Hände.

Y se frotaron las manos con anticipación.

Offenbar erwarteten sie einen lauten Streit.

Parecía que esperaban que se produjera una fuerte pelea.

Aber sie schienen sich auf die bevorstehende Auseinandersetzung zu freuen.

Pero ellos parecían estar contentos con la discusión que se avecinaba.

Sie dachten, der Streit würde zu ihren Gunsten ausgehen.

Creían que la disputa sería a su favor.

„Ich meine genau das, was ich eben gesagt habe", antwortete Herr Samsa.

"Quiero decir exactamente lo que acabo de decir", respondió el señor Samsa.

Er ging mit seinen beiden Begleitern in einer geraden Linie.

Caminó en línea recta con sus dos compañeros.

Und Herr Samsa ging direkt auf ihren Anführer zu.

Y el señor Samsa se dirigió directamente a su caballero principal.

Der Herr blieb zunächst stehen und blickte zu Boden.

El caballero primero se quedó quieto, mirando al suelo.

Die Gedanken in seinem Kopf waren noch im Wandel.

El contenido de su cabeza todavía estaba ordenándose.

"Gut, dann gehen wir", sagte er und blickte zu Herrn Samsa auf.

—Está bien, nos vamos —dijo y miró al señor Samsa.

Eine neue Demut schien ihn plötzlich ergriffen zu haben.

Una nueva humildad pareció apoderarse de él de repente.

Und er schien um Erlaubnis für diese Entscheidung zu
bitten.
Y parecía estar pidiendo permiso para esta decisión.
Herr Samsa öffnete die Augen weit und nickte leicht.
El señor Samsa abrió mucho los ojos y asintió un poco.
Die Herren folgten seinem Befehl unverzüglich.
Los caballeros obedecieron inmediatamente su orden.
Und sie machten tatsächlich große Schritte in den Flur
hinein.
Y efectivamente dieron largos pasos por el pasillo.
Seine Freunde hatten bereits aufgehört, sich die Hände zu
reiben.
Sus amigos ya habían dejado de frotarse las manos.
Sie hatten mitgehört, wie das Gespräch verlaufen war.
Habían estado escuchando cómo iba la conversación.
Und nun rannten sie ihm nach, als ob sie Angst hätten.
Y ahora corrían tras él, como si tuvieran miedo.
Es ist möglich, dass Herr Samsa sie immer noch von ihrem
Anführer isoliert.
El señor Samsa aún podría aislarlos de su líder.
Sie zogen ihre Stöcke aus dem Stöckebehälter.
Sacaron sus palos del contenedor.
Und sie verbeugten sich schweigend, bevor sie die
Wohnung verließen.
Y se inclinaron en silencio antes de salir del apartamento.
Herr Samsa und die beiden Frauen traten aus dem Vorplatz.
El señor Samsa y las dos mujeres salieron del patio delantero.
Aber eigentlich hatten sie keinen Grund, den Männern zu
misstrauen.
Pero en realidad no tenían motivos para desconfiar de los
hombres.
Sie lehnten sich ans Geländer, um zu überprüfen, ob sie weg
waren.
Se apoyaron en la barandilla para comprobar si se habían ido.
Die drei Herren kamen tatsächlich die Treppe herunter.
Los tres caballeros efectivamente estaban bajando las
escaleras.

In einer bestimmten Kurve der Treppe verschwanden sie.

En un determinado recodo de la escalera desaparecieron.

Und dann brachte die Treppe sie wieder in Sichtweite.

Y entonces la escalera los trajo de nuevo a la vista.

Dieses Erscheinen und Verschwinden wiederholte sich auf jeder Etage.

Esta aparición y desaparición se repite en cada piso.

Doch schließlich waren sie fast am Ziel.

Pero al final casi habían llegado al fondo.

Je weiter sie gingen, desto uninteressanter wurden sie.

Cuanto más avanzaban, más aburridos parecían.

Alle kehrten erleichtert ins Haus zurück.

Todos regresaron a casa, como si se sintieran aliviados.

Sie beschlossen, den Tag zum Ausruhen und für einen Spaziergang zu nutzen.

Decidieron aprovechar el día para descansar y salir a pasear.

Sie waren der Meinung, dass sie sich diese Auszeit von ihrer Arbeit verdient hatten.

Sentían que merecían este descanso de su trabajo.

Sie hatten diese Auszeit nicht nur verdient, sie brauchten sie auch.

No sólo merecían este descanso, sino que lo necesitaban.

Sie setzten sich an den Tisch, um Entschuldigungsbriefe zu schreiben.

Se sentaron a la mesa para escribir cartas de disculpas.

Herr Samsa verfasste seinen Entschuldigungsbrief an die Geschäftsleitung.

El señor Samsa escribió una carta de disculpas a su dirección.

Frau Samsa schrieb ihren Entschuldigungsbrief an ihre Kunden.

La señora Samsa escribió su carta de disculpas a sus clientes.

Und Grete schrieb ihren Entschuldigungsbrief an ihren Schulleiter.

Y Grete escribió su carta de disculpa a su director.

Während alle schrieben, kam das Dienstmädchen ins Zimmer.

Mientras todos escribían, la criada llegó a la habitación.

Ihre Arbeit am Vormittag war erledigt, also ging sie nach Hause.

Su trabajo de la mañana había terminado, por lo que se dirigía a casa.

Die drei Schriftsteller nickten zunächst, ohne aufzusehen.

Los tres escritores asintieron al principio, sin levantar la vista.

Das Dienstmädchen schien aber noch nicht gehen zu wollen.

Pero la criada no parecía querer irse todavía.

Sie wartete einen Moment, bis die drei Schriftsteller aufblickten.

Esperó un poco, hasta que los tres escritores levantaron la vista.

„Na?", fragte Herr Samsa verärgert, genau wie die anderen.

"¿Y bien?" preguntó el señor Samsa, enojado como los demás.

Das Dienstmädchen stand mit einem Lächeln im Gesicht in der Tür.

La criada estaba parada en la puerta con una sonrisa en su rostro.

Sie erweckte den Eindruck, gute Neuigkeiten zu verkünden zu haben.

Dio la impresión de tener buenas noticias que informar.

Aber sie würde die Neuigkeit nicht preisgeben, solange sie nicht dazu aufgefordert würde.

Pero ella no iba a compartir la noticia a menos que se lo pidieran.

Die aufrecht stehende Straußenfeder an ihrem Hut schwankte leicht.

La pluma de avestruz erguida sobre su sombrero se balanceaba ligeramente.

Diese Straußenfeder hatte Herrn Samsa schon immer geärgert.

Aquella pluma de avestruz siempre había molestado al señor Samsa.

„Also, was wollen Sie dann?", fragte Frau Samsa bestimmt.

—Entonces, ¿qué quieres? —preguntó la señora Samsa con firmeza.

Das Dienstmädchen hatte nach wie vor großen Respekt vor Frau Samsa.

La criada todavía tenía mucho respeto por la señora Samsa.

„Ja", antwortete sie und lachte freundlich auf.

"Sí", respondió ella y soltó una carcajada amistosa.

Einen Moment lang unterbrach sie ihr Lachen und sie verstummte.

Por un momento su risa le impidió hablar.

„Um das Ding nebenan brauchst du dir keine Sorgen zu machen."

"No tienes que preocuparte por esa cosa de al lado".

„Ich habe bereits dafür gesorgt, wie wir es loswerden."

"Ya he decidido cómo nos desharemos de él".

Frau Samsa und Grete schrieben ihre Briefe weiter.

La señora Samsa y Grete continuaron escribiendo sus cartas.

Herr Samsa bemerkte jedoch, dass das Dienstmädchen noch nicht fertig war.

Pero el señor Samsa se dio cuenta de que la criada aún no había terminado.

Nun wollte sie alles genauer beschreiben.

Ahora quería describir todo con más detalle.

Doch er streckte die Hand aus, um ihre Annäherungsversuche zurückzuweisen.

Pero él extendió su mano para rechazar sus esfuerzos.

Sie erkannte, dass sie an ihren Plänen kein Interesse hatten.

Se dio cuenta de que no estaban interesados en sus planes.

Und dann erinnerte sie sich an die große Eile, in der sie gewesen war.

Y entonces recordó la gran prisa en la que había estado.

„Dann tschüss", sagte sie, sichtlich beleidigt über das mangelnde Interesse.

"Ciao entonces", dijo ella, insultada por la falta de resterés.

Bevor sie ging, knallte sie die Tür jedoch mit einem lauten Knall zu.

Pero antes de irse cerró la puerta de un golpe terriblemente fuerte.

„Sie wird heute Abend entlassen", sagte Herr Samsa.

"La despedirán esta noche", dijo el señor Samsa.

Seine Frau und seine Tochter hatten jedoch keine Zeit, ihm zu antworten.

Pero su esposa y su hija estaban demasiado ocupadas para responderle.

Weil das Dienstmädchen ihren gerade erst gewonnenen Frieden gestört hatte.

Porque la criada había perturbado la paz recién adquirida.

Die Mutter und die Tochter standen auf und gingen zum Fenster.

La madre y la hija se levantaron para ir a la ventana.

Und so blieben sie mit den Armen umeinander liegen.

Y abrazados se quedaron allí.

Herr Samsa drehte sich in seinem Stuhl um, um sie anzusehen.

El señor Samsa se giró en su silla para mirarlos.

Und eine Weile lang beobachtete er sie schweigend, wie sie dort standen.

Y por un rato los observó en silencio mientras estaban allí de pie.

Schließlich rief er ihnen zu: „Willst du zu mir kommen?"

Finalmente les gritó: "¿Queréis venir a mí?"

„Vergessen wir doch einfach all den alten Kram."

"Olvidémonos de todas esas cosas viejas, ¿de acuerdo?"

"Komm her und schenk mir ein wenig deiner Aufmerksamkeit."

"Ven a mí y dame un poco de tu atención."

Die beiden Frauen taten, wie er gesagt hatte, und eilten zu ihm hinüber.

Las dos mujeres hicieron lo que él les dijo y corrieron hacia él.

Sie umarmten ihn herzlich und küssten ihn.

Le dieron un abrazo cariñoso y le besaron.

Sie kehrten schnell zurück, um ihre Briefe fertig zu schreiben.

Regresaron rápidamente para terminar de escribir sus cartas.

Dann verließen alle drei gemeinsam die Wohnung.

Luego los tres abandonaron el apartamento juntos.

Sie waren seit Monaten nicht mehr zusammen aus dem Haus gegangen.

No habían salido juntos de casa desde hacía meses.

Und sie fuhren mit der Straßenbahn an den Stadtrand.

Y tomaron el tranvía hasta las afueras de la ciudad.

Sie hatten den gesamten Waggon der Straßenbahn für sich allein.

Tenían todo el vagón del tranvía para ellos solos.

Von draußen strömte Sonnenschein durch das Fenster.

La luz del sol entraba a raudales por la ventana desde el exterior.

Die Familie lehnte sich bequem in ihren Sitzen zurück.

La familia se reclinó cómodamente en sus asientos.

Und sie besprachen die Aussichten für ihre Zukunft.

Y discutieron las perspectivas para su futuro.

Bei näherer Betrachtung waren ihre Aussichten gar nicht so schlecht.

Al examinarlos más de cerca, sus perspectivas no eran malas.

Alle drei hatten Jobs mit dem Potenzial, mehr zu verdienen.

Los tres tenían trabajos con potencial para ganar más.

Sie hatten einander nie nach ihrer Arbeit gefragt.

Nunca se habían preguntado sobre su trabajo.

Doch nun hatten sie endlich Zeit, solche Dinge zu besprechen.

Pero ahora finalmente tenían tiempo para discutir esas cosas.

Sie hatten auch die Möglichkeit, in eine kleinere Wohnung umzuziehen.

También tenían la opción de mudarse a un apartamento más pequeño.

Dies hätte den größten Einfluss auf ihr Leben.

Esto tendría el mayor impacto en sus vidas.

Ihre jetzige Wohnung hatte Gregor ausgesucht.

Su apartamento actual había sido elegido por Gregor.

Aber jetzt könnten sie in eine günstigere Gegend ziehen.

Pero ahora podrían mudarse a algún lugar más asequible.

Eine kleinere Wohnung, aber eine praktischere.

Un apartamento más pequeño, pero en un lugar más práctico.

Das Gespräch über die Zukunft machte Grete wieder lebendiger.

Hablar sobre el futuro hizo que Grete se sintiera nuevamente más animada.

Herr und Frau Samsa bemerkten auch andere Veränderungen an ihr.

El señor y la señora Samsa también notaron otros cambios en ella.

Ihre Wangen waren vor lauter Sorgen ganz blass geworden.

Sus mejillas se habían vuelto pálidas por todas sus preocupaciones.

Doch ihre Tochter entwickelte sich inzwischen zu einer feinen jungen Dame.

Pero ahora su hija se estaba convirtiendo en una bella dama.

Sie war mittlerweile wirklich eine wohlproportionierte und hübsche junge Frau.

Ahora ella realmente era una joven bien formada y hermosa.

Ihre Eltern wurden still und bewunderten ihre Tochter.

Sus padres guardaron silencio y admiraron a su hija.

Sie wechselten Blicke und kommunizierten unbewusst.

Se miraron el uno al otro comunicándose inconscientemente.

„Es wird bald an der Zeit sein, einen guten Mann für sie zu finden."

"Pronto llegará el momento de encontrar un buen hombre para ella."

Die Straßenbahn hatte ihr Ziel erreicht und bremste ab.

El tranvía había llegado a su destino y redujo la velocidad.

Ihre Tochter schien ihre neuen Träume zu bestätigen.

Su hija pareció confirmar sus nuevos sueños.

Sie war die Erste, die aufstand und ihren jungen Körper streckte.

Ella fue la primera en levantarse y estirar su joven cuerpo.